SOMMAIRE

PRÉSENTATION DES PERSONNAGES

VOICI TERRENCE, LE HÉROS DE NOTRE... NON, ON NE PEUT PAS APPELER CE MEC UN HÉROS... C'EST PAS LE BON MOT... DISONS PLUTÔT QU'ON VA SUIVRE CE BOULET ET S'INTÉRESSER À SA PROGRESSION VERS EDENIA, LE ROYAUME DES ÂMES, OÙ IL EST CENSÉ RETROUVER SA MÈRE DÉFUNTE.

IL EST HEUREUSEMENT ACCOMPAGNÉ DE SAVANE, UN GITAN FAISEUR DE POISSONS, ACCRO À LA BASTON, ET QUI S'EST FIXÉ POUR BUT DE DEVENIR LE VOYAGEUR NUMBER ONE.

UN QUI S'EST TAPÉ L'INCRUSTE, C'EST SABBA. C'EST TELLEMENT UNE GROSSE FIOTTE, SANS POUVOIR, QU'IL PEUT AVANCER QU'AVEC LES AUTRES... DEPUIS, IL ENCHAÎNE LES CONNERIES.

IL FALLAIT BIEN UNE MEUF DANS LE GROUPE, ET QUELLE FILLE, EVE, LA CASSE-COUILLES DE SERVICE ! PERSONNE A VRAIMENT BIEN PIGÉ SON POUVOIR... ELLE SERAIT VENTRILOQUE D'APRÈS TERRENCE, MAIS BON, FAUT PAS TROP SE FIER À CE QU'IL DIT. ELLE EST LÀ PARCE QU'ELLE AUSSI A PEUR D'ÉVOLUER SEULE, ET QUE C'EST AUSSI LA MEILLEURE AMIE DE LA COPINE DE NOTRE HÉROS... PARDON, DE TERRENCE !

IL EXISTE UN MONDE, DREAMLAND, LE MONDE DES RÊVES ET DE L'ESPRIT, OÙ TOUT EST POSSIBLE, ENVISAGEABLE... C'EST UN MONDE FÉERIQUE, DANS LEQUEL PRÉVAUT UNE RÈGLE : SI UN RÊVEUR PARVIENT À SURMONTER SA PEUR, SA PHOBIE, SES CAUCHEMARS, IL DEVIENT UN VOYAGEUR, UN ÊTRE CONSCIENT ET POSSÉDANT UNE IDENTITÉ PROPRE DANS DREAMLAND.
LES LUCKY STARS SONT À LA RECHERCHE D'EDENIA, UN ROYAUME QUI SE TROUVERAIT AUX CONFINS DE DREAMLAND. CETTE NUIT, ILS SE SONT ARRÊTÉS À KAZINOPOLIS, UNE GRANDE VILLE DE LA DEUXIÈME ZONE. HÉLAS, UNE PARTIE DE POKER DREAMLANDIENNE A DÉGÉNÉRÉ, ET NOS HÉROS ONT DÛ FAIRE FACE À UNE ORGANISATION SPÉCIALISÉE DANS LE VOL DE POUVOIRS DE VOYAGEURS. SABBA, GRÂCE À SON PINCEAU DU DESTIN, A MIRACULEUSEMENT SORTI TOUT LE MONDE D'AFFAIRE... QUAND SOUDAIN APPARAÎT LE SEIGNEUR DES LIEUX, L'IMPOSANT INFINITY MIDAS...

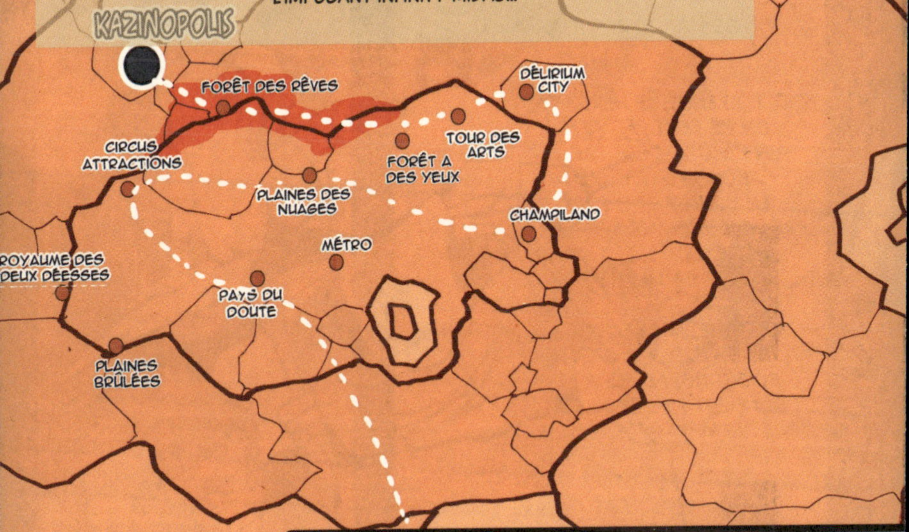

LUCKY STAR

ronge 58 golden eye
vintage
groove

KAZINOPOLIS, LA VILLE DES PIÈCES D'OR, DES JEUX ET DE L'ARGENT À VOLONTÉ, DU POKER ET DE LA ROULETTE...
UNE VILLE RÉPUTÉE PACIFIQUE, POURTANT LE PARADYSIO, SON PLUS GRAND CASINO, EST EN FLAMMES... TERRENCE ET SA CLIQUE ONT-ILS ENCORE FOUTU LE BORDEL ?

IL EST GIGANTESQUE...
INFINITY MIDAS... ROI DES RICHESSES... SEIGNEUR DE L'OR...

HÉÉÉÉ OHHH !
HO, DIKI !
DIKI DIKI DIKI !
HÉ !
DIKI, OÙ ES-TU !?
SI C'EST LE VOYAGEUR DE L'INFINI QUE VOUS CHERCHEZ, SA BOULE DE POUVOIR EST VIDE... ÇA SIGNIFIE QU'IL EST MORT...

DIKI ? MORT ?!
QU'EST-CE QUE TU DIS ?!
C'EST CLAIR !
EH BEN, QUESTION TACT, Y A MIEUX...
EXACT ! IL A PAS PU MOURIR, MÊME SI C'ÉTAIT UN PIÈGE...
C'EST IMPOSSIBLE, IL... IL EST JUSTE MONTÉ... C'ÉTAIT UNE SIMPLE PARTIE DE POKER !
PAS DIKI... PAS LUI.
NON... NON, C'EST PAS POSSIBLE...
JE FAIS QUOI DE ÇA, MOI ? VOUS LA VOULEZ ?

ON VA FAIRE QUOI SANS LUI MAINTENANT ?!
ON VOULAIT ALLER À LUMINA, LA CITÉ RADIEUSE !
IL ÉTAIT... SI FORT... ON DEVAIT... FAIRE DE GRANDES CHOSES...
C'EST PAS VRAI ! PAS CE SOIR ! PAS ICI !!
NE SOIS PAS SI DUR.
MILO !
CHAQUE VOYAGEUR SAIT CE QU'IL RISQUE...
HÉ ! DREAMLAND N'EST PAS UN TERRAIN DE JEU
MAIS ...
JE SUIS DÉSOLÉ, VOYAGEURS... KAZINOPOLIS EST CONNU POUR ÊTRE UN ENDROIT PAISIBLE ET PACIFIQUE...
VOUS N'AURIEZ PAS DU PERDRE VOTRE AMI CE SOIR, VEUILLEZ M'EN EXCUSER...
SIRE !

MILO...
UN ROI DE VOTRE RANG N'A PAS À S'EXCUSER DEVANT DES VERMINES !
DE PLUS VOUS N'ÊTES PAS RESPONSABLE DES EXACTIONS DE BELLA MONTE !
UN SEIGNEUR DIGNE DE CE NOM SE DOIT D'ASSUMER LES ERREURS DE SES SUBORDONNÉS...
C'EST LÀ QUE TU FAIS ERREUR, MILO...

IL N'EST PAS QUE PUISSANT...
OUAH... QUEL ROI !
SEI...
C'EST VRAI, DREAMLAND EST UN ENDROIT DANGEREUX...
SNIF SNIF !
ET CE SOIR, ÇA AURAIT PU TRÈS MAL FINIR POUR NOUS.
MAIS C'EST PARCE QU'ON Y FAIT DES RENCONTRES FORMIDABLES...
C'EST QUELQU'UN DE GRAND !

J'AIME DREAMLAND !
QUE JE N'ABANDONNERAI PAS...
REGARDE LA TÊTE DE TERRENCE !
OUAIS, IL EST EN TRAIN DE SE DIRE DES PHRASES DE HÉROS DANS SA TÊTE, CHUIS SÛRE !
DE HÉROS ? D'ABRUTI, OUI !
HÉ HÉ HÉ HÉ,
JE NE PEUX RÉPARER LE MAL QUI A ÉTÉ FAIT, NI SOULAGER VOTRE PEINE... RIEN NE FERA REVENIR VOTRE AMI...
MAIS JE VAIS FAIRE QUELQUE CHOSE POUR VOUS CE SOIR !
SIRE ! C'EST TROP !
MILO, SILENCE !

GOLDEN MEMORIES !
HÉ, REGARDEZ, LA TOUR S'EFFONDRE !
WOOH ! LA TERRE TREMBLE !
J'ESPÈRE QUE LE CASINO EST VIDE...

QU'EST-CE QUI SE PASSE !? QUELQUE CHOSE SORT DE TERRE !
BORDEL !
KOF KOF
UNE...
UNE STATUE EN OR !

C'EST UNE STATUE DE DIKI STEAK !
D... DIKI !
IL RESTERA LÀ POUR L'ÉTERNITÉ... CETTE STATUE RENDRA HOMMAGE AU VOYAGEUR QU'IL ÉTAIT.
NOUS RECONSTRUIRONS UN CASINO AUTOUR DE SA STATUE, SUR LES VESTIGES DU PARADYSIO...
LA CLASSE, OUAIS !
BEAU CADEAU !
GRÂCE À VOUS, DIKI NE SERA JAMAIS OUBLIÉ !
MERCI ! VOUS ÊTES UN GRAND ROI !

EXCUSEZ-MOI !
CE ROI EST VRAIMENT GÉNÉREUX.
EN OR EN PLUS...
ÈVE ! T'ES FOLLE !
C'EST PAS POUR DIRE, MAIS ON POURRAIT PAS AVOIR UN CADEAU NOUS AUSSI ?!
LA HONTE !

ÈVE, PITIÉ, TAIS-TOI !
BEN QUOI ? C'EST GRÂCE À NOUS SI LE MANÈGE DE L'AUTRE TARÉ S'EST ARRÊTÉ !
HÉÉÉ ! NON MAIS... VOUS VOUS PRENEZ POUR QUI !?
PARCE QUE ÇA SE FAIT PAS...
POURQUOI ? ON A RISQUÉ NOS VIES APRÈS TOUT !
ÇA SUFFIT ! COMMENT OSES-TU PARLER AINSI AU ROI !?
SIRE, OH ! JE DIS NON, LÀ !!
MH... TU N'AS PAS TORT... DIS-MOI CE QUI TE FERAIT PLAISIR, VOYAGEUSE !

HÉÉÉ !?
LUI ! JE LE VEUX LUI !
HEIN ?!
VOUS ÊTES DROGUÉS, C'EST PAS POSSIBLE !
ALLEZ VIENS, PLAYBOY ! T'ES AVEC NOUS MAINTENANT !
HÉ !
ON TE DONNE TERRENCE !
JE VEUX QUE TU NOUS FILES TON BEAU GOSSE DE GARDE DU CORPS, ET EN ÉCHANGE...
JE VEUX PAS VOIR ÇA...
BEN QUOI ?
REGARDE ! J'AI ENLEVÉ LE HAUT !
MAIS... MAIS VOUS DÉLIREZ TOUS LÀ ! ON NE TUTOIE PAS SA MAJESTÉ !
N'ÉCOUTE PAS CETTE CHATTE EN CHALEUR, ET OFFRE-MOI PLUTÔT UN COMBAT CONTRE LUI !

HA HA ! MILO, TU TE PRÊTES AU JEU !
VOUS ÊTES TOUS TARÉS ! ET TOI, TU PEUX TOUT REMBALLER ! LES FILLES, ÇA M'INTÉRESSE PAS !
TROP FORT !
J'AURAIS DÛ M'EN DOUTER !
ARF ! IL EST GAY TON CHEVALIER D'OR, ÈVE !
VOUS ÊTES EN TRAIN DE ME DÉSHONORER DEVANT MON ROI !
EXCUSEZ-MOI... VOUS SAURIEZ PAS OÙ SE TROUVE EDENIA ?

C'EST LA SEULE CHOSE DONT NOUS AVONS VRAiMENT BESOiN...
FRAN-CHEMENT ...
CE GARS...
JE LE SAVAiS !
ET ÇA LE FAiT RiRE !
ÇA NOUS AiDERAiT BiEN, PARCE QUE, POUR DiRE LA VÉRiTÉ...
ON TRAVERSE LES ROYAUMES SANS VRAiMENT SAVOiR OÙ ON VA ! HA HA !
VOUS ÊTES VRAiMENT PAS BiEN !
TU CHERCHES EDENiA, LE ROYAUME DES ÂMES ?
JE SAiS, TOUT LE MONDE RÉAGiT DE LA MÊME FAÇON QUAND ON EN PARLE...

COMME VOUS ÊTES QUELQU'UN DE PUISSANT DANS CE MONDE...
JE ME SUIS DIT QUE, PEUT-ÊTRE...

GLUPS
AP-PRO-CHE, PETIT.
...
TERRENCE, BARRE-TOI ! IL VA TE TRANS-FORMER EN STATUE !
HEIN ?
NE BOUGE PAS !
GOLDEN ETERNITY !

GOLDEN LINE !
AH ?
MOI NON PLUS !
C'EST DANS LE CIEL ? J'VOIS RIEN !
J'AI TRACÉ UNE LIGNE D'OR QUI VA JUSQU'À EDENIA !
SIRE !!
MAIS C'EST GÉNIAL !
JE... JE LA VOIS ! IL Y A UNE LIGNE D'OR QUI TRAVERSE LE CIEL...

JE T'AI FAIT DON DU GOLDEN EYE...
LUI SEUL TE PERMET DE VOIR LA LIGNE D'OR.
WOUA-AAH ! MERCI BEAU-COUP !
IL EST VRAIMENT GÉNÉREUX
J'VEUX UNE ROBE EN OR, MOI !
NE ME REMERCIE PAS, CAR MÊME SI PAR MIRACLE VOUS TROUVEZ EDENIA...
L'ENTRÉE DE CE ROYAUME NE SE RÉVÉLERA QU'À LA SEULE CONDITION DE FAIRE SONNER LA CLOCHE D'OR...
UN OBJET MAGIQUE DE DREAMLAND !
ÉVIDEMMENT...

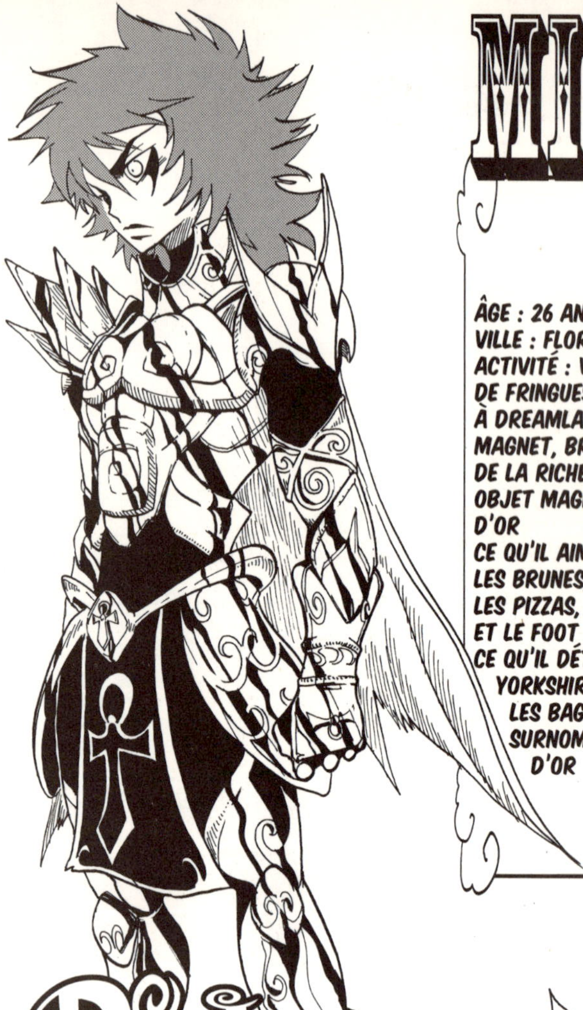

MILO

AZURA

ÂGE : 26 ANS
VILLE : FLORENCE
ACTIVITÉ : VENDEUR DE FRINGUES FASHION
À DREAMLAND : LE GOLDEN MAGNET, BRAS DROIT DU ROI DE LA RICHESSE
OBJET MAGIQUE : L'ARMURE D'OR
CE QU'IL AIME : LA BEAUTÉ, LES BRUNES, LES SLIMS, LES PIZZAS, LE PERRIER ET LE FOOT
CE QU'IL DÉTESTE : LES YORKSHIRE, LA CAMPAGNE, LES BAGGIES ET LES NEMS
SURNOM : LE CHEVALIER D'OR

DicoLand

MÉTALLOPHOBIE : PEUR DES MÉTAUX, EN L'OCCURRENCE L'OR

CE SYMBOLE REPRÉSENTE L'EMBLÈME DU ROI DES RICHESSES, IL N'A PAS DE ROYAUME PRÉCIS À DREAMLAND, IL EXISTE DE NOMBREUSES GRANDES CITÉS, TOUTES DEMEURES POTENTIELLES DE GRAND ROI.
LA PLUS GRANDE PEUR DE MILO ÉTAIT DE PERDRE TOUT SON OR, GRÂCE À SON POUVOIR L'ARMURE D'OR EST COMME UNE SECONDE PEAU.

SONGE 59

SCISSION

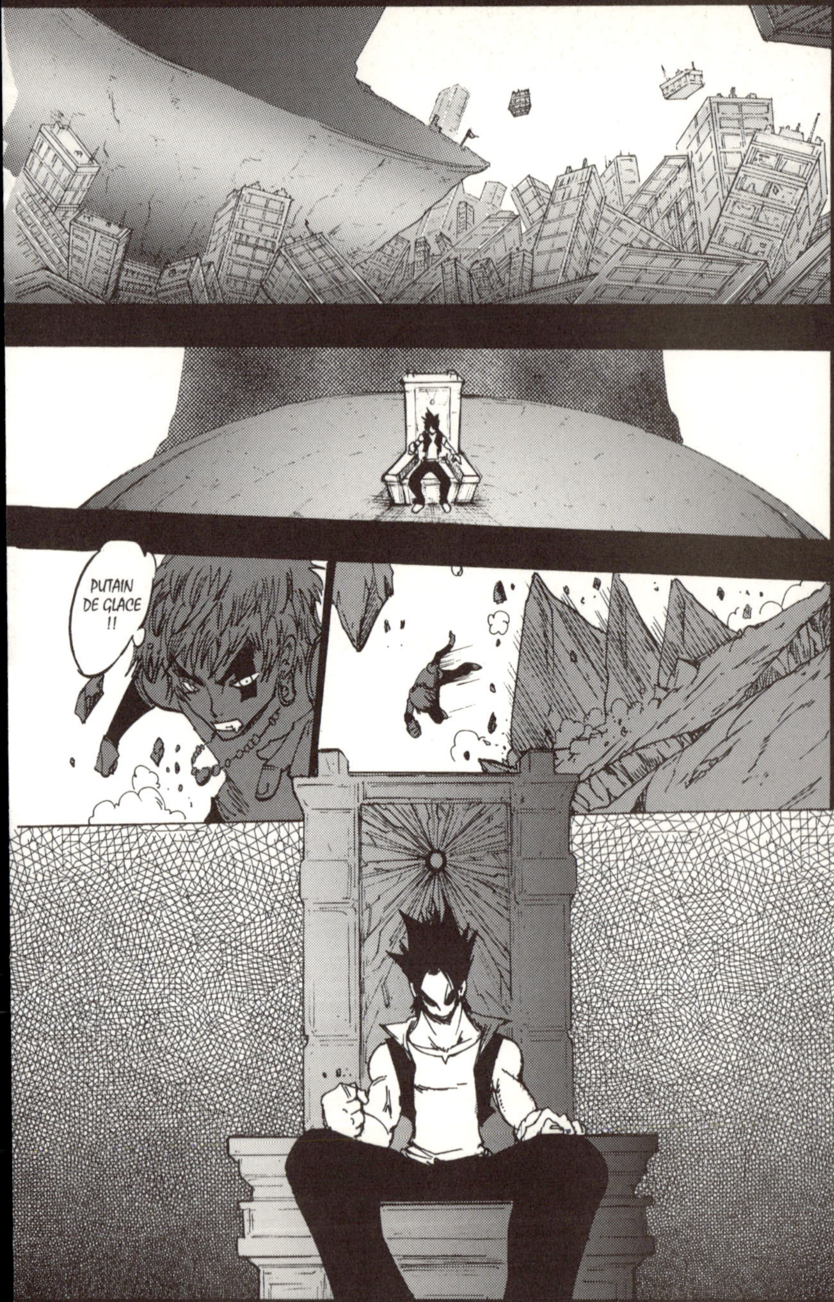
PUTAIN DE GLACE !!

PRENDS GARDE, JE SUIS LE N° 2 DES TZIGANES !
TU ME SOUS-ESTIMES AU POINT DE PRÊTER ATTENTION À UN AUTRE COMBAT !?
TU VEUX DU SÉRIEUX !?
COMME ÇA...

PERSONNE NE FAIT GAFFE À LOCKI !
MERDE, LES AUTRES AUSSI SONT OCCUPÉS !
TU TE SURESTIMES, MON GARS...
FUFU...
BORDEL !?
ON A L'AIR DE QUOI !?
TU VAS VOIR !

IL VA FALLOIR QUE JE M'EN MÊLE...
CE N'EST PAS UN GROUPE ORDINAIRE.
MÊME SINTY A DU MAL FACE À UN SEUL ADVERSAIRE...
LADISLAV LYCAON CHEF DU CLAN DES TZIGANES, N° 3 DE LA LEAGUE M.
HÉ HÉ ! JE BOUILLONNE !

TU NE M'ÉCHAPPERAS PAS !
ON DIRAIT QUE C'EST TA PREMIÈRE BATAILLE !
WOUAH !
MERDE, JE PEUX PAS PERDRE DEVANT MON IDOLE !
LOCKI, ÇA VA ?!
OU-OUI, SIRE SHUN !
ATTENDS ! C'EST QUOI ÇA ?!
IL DIT ÇA...
MAIS IL NE SE BAT PAS À FOND !
JE T'AI DIT DE TE CONCENTRER SUR NOTRE COMBAT !

QUELLE... QUELLE FORCE INCROYABLE !
QU'EST-CE QUE...
...
EN PLEIN MILIEU DE LA BATAILLE !

HÉHÉ !
QU'EST-CE... LOCKI !

WOOOOH !
ATTAQUE-TOI À QUELQU'UN DE TA TAILLE !
HIN !

SH... SHUN...
BORO ?

BO-
BORO
!
DÉSOLÉ...
SHUN...
RÉPONDS-MOI
!
BORO
?
BORO !!
BO...
WOOOOO

S... SHUN !
OH OH...
ARMURE DE GLACE !
ENFOIRÉ !!
SUPRÊME MAGNUM !!!!

QUOI ?!
PAS MAL !

C'EST SURPRENANT...
VRAIMENT TRÈS FORT...
M-MERDE !
MAIS HÉLAS... PAS ASSEZ !
NGH... JE N'AI PLUS D'ÉNERGIE !
VOUS AVEZ EU TORT...
DE VOUS ATTAQUER AU CLAN DES TZIGANES !!!
HEY !

YSHA ! C'EST ENNUYEUX...

SURTOUT DES BLESSÉS.
BEAUCOUP DE PERTES ?
MENOL ! ON LÈVE LE CAMP !
BIEN !
SI TU T'ÉTAIS TRANSFORMÉ, IL N'Y AURAIT EU AUCUN BLESSÉ, ET JE N'AURAIS PAS ÉTÉ OBLIGÉ D'INTERVENIR...
...
J'ATTENDS BEAUCOUP DE TOI, PAS PARCE QUE TU ES MON COUSIN, MAIS PARCE QUE TU ES MON BRAS DROIT.
TU AS BEAU ÊTRE LE LOUP BLANC, JE NE TOLÉRERAI PAS UNE NOUVELLE ERREUR !
LE CHEF EN SECOND DU FIER PEUPLE TZIGANE ! NOUS SOMMES LES DERNIERS DE LA LIGNÉE DE NOS ANCÊTRES...
...

SHUN, CALME-TOI !
C'EST IMPOSSIBLE ! C'EST UN CAUCHEMAR !
NGH !
...
ME CALMER ?! RIBA, ON AVAIT L'AVANTAGE, ET... ET BORO...
C'EST ÇA, COMBATTRE SUR UN CHAMP DE BATAILLE !
TU VAS PLEURER ?
QUOI ?
NOUS FAISONS LA GUERRE ! LÀ, NOUS AVONS CONNU L'ÉCHEC... C'EST LE JEU.
LE JEU ?!
NKKK...!

SIRE SHUN ! NOOOON !
ARRÊTEZ ! VOUS ALLEZ TOUT DÉTRUIRE !
NOUS VENONS DE PERDRE UN COMPAGNON ! ET PERSONNE NE SEMBLE AFFECTÉ !? C'EST ÇA, FAIRE LA GUERRE ?! NE PLUS AVOIR DE LIENS ?! NE PLUS AVOIR D'AMIS !?

CETTE AURA...
ÇA SUFFIT ! SHUN, ZERO ! J'AI TOUJOURS ESPÉRÉ QUE VOUS FORMERIEZ UN DUO INVINCIBLE...
MAIS IL FAUT SE RENDRE À L'ÉVIDENCE, VOUS SÉPARER SEMBLE ÊTRE LA MEILLEURE SOLUTION POUR LE BIEN DU ROYAUME.
À PARTIR DE CE SOIR, NOUS AURONS DEUX GROUPES DISTINCTS DE VOYAGEURS... CELUI DE SHUN, FORMÉ DE RIBA ET TRISTAN...
ET ZERO, QUI FORMERA LE TOUT JEUNE LOCKI...
CHAQUE GROUPE MÈNERA À BIEN DES MISSIONS DIFFÉRENTES, ET AGIRA COMME BON LUI SEMBLE.
SIRE SHUN !
PAUVRE LOCKI...

SONGE 60

« CAR JE RESTERAI... TA MEILLEURE AMIE »

ÈVE LE SAVAIT AUSSI !
SABBA, BOUGE... TU ME FAIS DE L'OMBRE.
TU T'ES BIEN GARDÉ DE DIRE QUE TA MISS AVAIT UNE PISCINE !
T'ES UN PETIT CACHOTTIER, MOUMOU !
EUH...
VOUS VOULEZ BOIRE QUELQUE CHOSE ?
J'VOULAIS PAS VOUS LE DIRE CAR JE SAVAIS QUE ÇA ALLAIT ÊTRE LE SQUAT !
PFF ! Y A TOUTE LA CLASSE MAINTENANT, ÇA CRAINT !
EN PLUS, QUE DES OTAKUS OU DES GEEKS...
ATTENDS, J'VIENS T'AIDER !
MERCI MON CHOU !

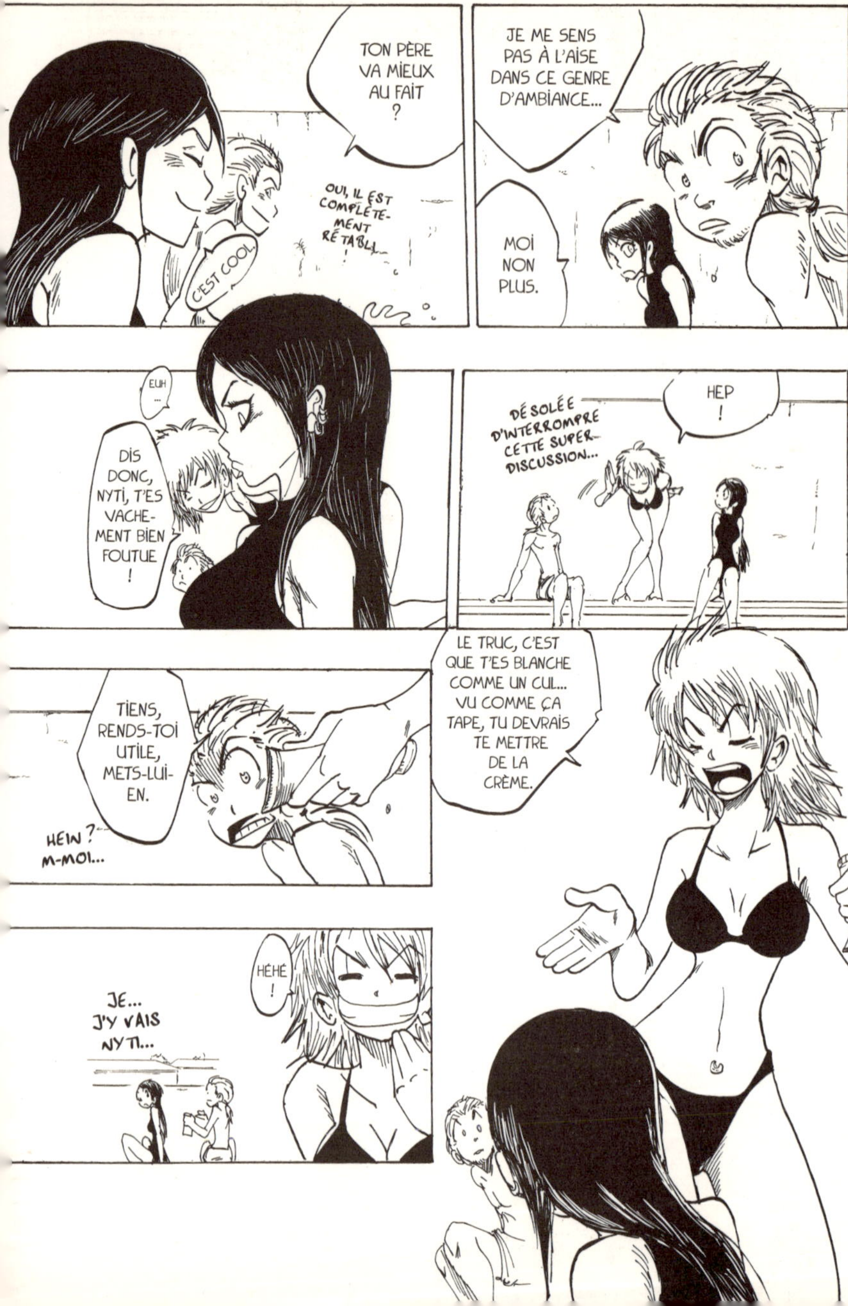

TON PÈRE VA MIEUX AU FAIT ?
C'EST COOL.
OUI, IL EST COMPLÈTEMENT RÉTABLI !
JE ME SENS PAS À L'AISE DANS CE GENRE D'AMBIANCE...
MOI NON PLUS.
EUH ...
DIS DONC, NYTI, T'ES VACHEMENT BIEN FOUTUE !
HEP !
DÉSOLÉE D'INTERROMPRE CETTE SUPER DISCUSSION...
LE TRUC, C'EST QUE T'ES BLANCHE COMME UN CUL... VU COMME ÇA TAPE, TU DEVRAIS TE METTRE DE LA CRÈME.
TIENS, RENDS-TOI UTILE, METS-LUI-EN.
HEIN ? M-MOI...
HÉHÉ !
JE... J'Y VAIS NYTI...

BOING!
BAF
ATTENDS, EXCUSE-MOI, JE REVIENS...
SBOOB SBOOB SBOOB
DU COUP, J'ARRÊTE PAS DE ME PRENDRE DES BAFFES DE LA PART DE CANDY !
DIS, SAVANE... TA COPINE LÀ, ELLE A DES SEINS HYPNOTISANTS ! JE PEUX PAS M'EMPÊCHER DE MATER...
ÇA VA, MEC ?

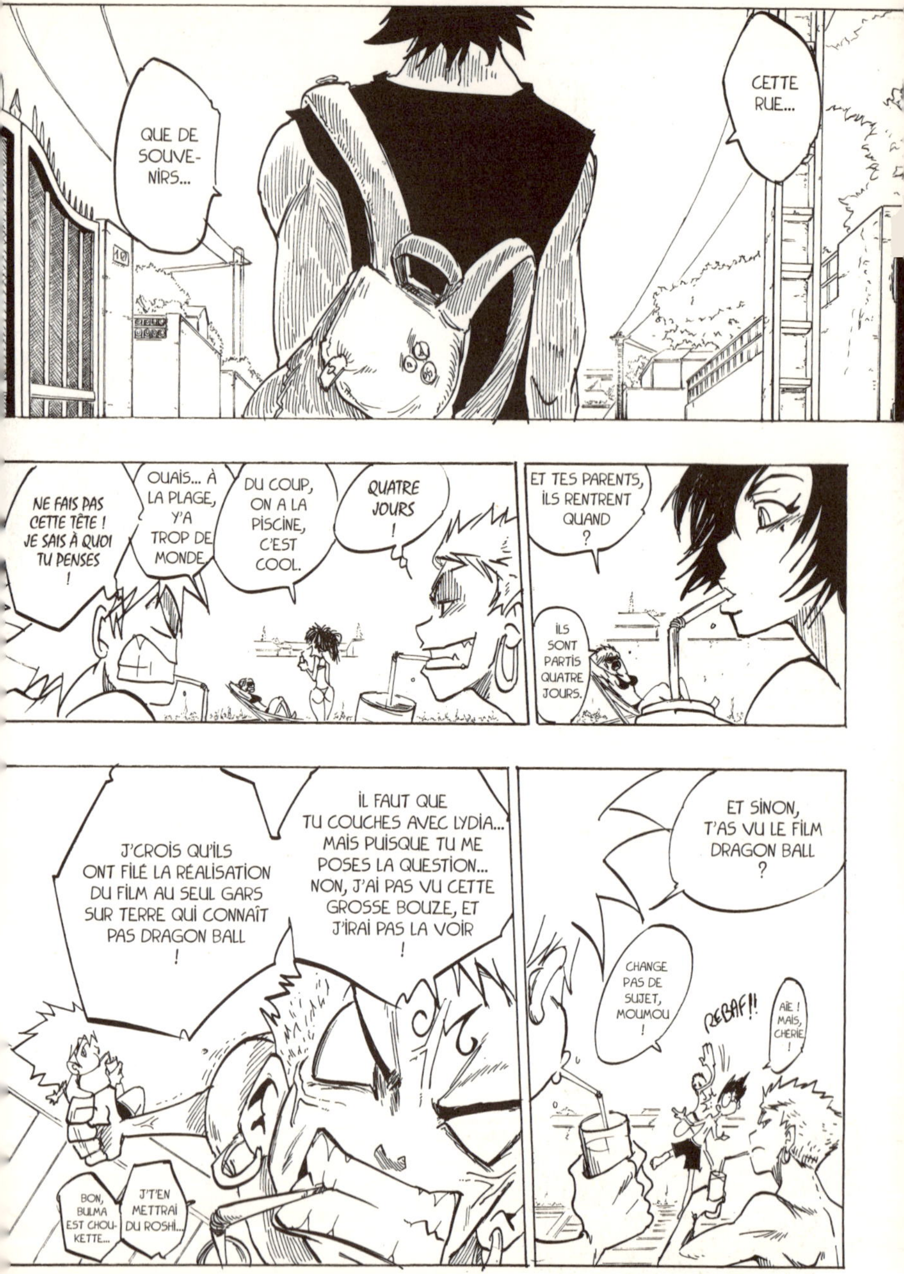
QUE DE SOUVENIRS...
CETTE RUE...
NE FAIS PAS CETTE TÊTE ! JE SAIS À QUOI TU PENSES !
OUAIS... À LA PLAGE, Y'A TROP DE MONDE.
DU COUP, ON A LA PISCINE, C'EST COOL.
QUATRE JOURS !
ET TES PARENTS, ILS RENTRENT QUAND ?
ILS SONT PARTIS QUATRE JOURS.
J'CROIS QU'ILS ONT FILÉ LA RÉALISATION DU FILM AU SEUL GARS SUR TERRE QUI CONNAÎT PAS DRAGON BALL !
IL FAUT QUE TU COUCHES AVEC LYDIA... MAIS PUISQUE TU ME POSES LA QUESTION... NON, J'AI PAS VU CETTE GROSSE BOUZE, ET J'IRAI PAS LA VOIR !
BON, BULMA EST CHOU-KETTE...
J'T'EN METTRAI DU ROSHI...
ET SINON, T'AS VU LE FILM DRAGON BALL ?
CHANGE PAS DE SUJET, MOUMOU !
REBAF !!
AÏE ! MAIS, CHÉRIE !

DING! DONG
QUI ÇA PEUT BIEN ÊTRE ? ON ATTEND PLUS PERSONNE...
SALUT, LYDIA ! ÇA FAIT UN BAIL...
EUH...

ON SE CONNAÎT ?
AH... MAIS...
CHARLY, C'EST TOI !?
BINGO !

MAIS VIENS, ENTRE ! ROOH, C'EST DINGUE !
BEN J'AI DIX ANS DE PLUS, HA HA !
ROOHLÀLÀ ! C'EST DINGUE COMME T'AS CHANGÉ !
TIENS !
MODE VÉNÈRE À CAUSE DU FILM.
AH ! T'AS UNE PISCINE, JE M'EN SOUVIENS !
EH OUI !
JE VOUS PRÉSENTE CHARLY, MON ANCIEN VOISIN, C'EST UN AMI D'ENFANCE !
SALUT, TOUT LE MONDE !

OUI, JE DÉBARQUE DE PANAME !
TU VIS À PARIS, C'EST ÇA ?!
OHOH !
POURQUOI LYDIA LUI LÂCHE PAS LE BRAS ?!
ÇA SENT PAS BON, MOUMOU.
VIENS, J'VAIS TE PRÉSENTER !
CHARLY...
VOICI TERRENCE, MON COPAIN !

YO !
HEU, SALUT !
POIGNÉE DE MAINS TEST PAS DU TOUT AMICALE, CODE DES MÂLES TESTOSTÉRONÉS...
C'EST QUOI CETTE LAVETTE ? IL SERRE MÊME PAS !
AÏE... IL ME BROIE LA MAIN.
'LUT
ET VOICI SES AMIS...
IL M'A TROP DÉFONCÉ...

MA MEIL-LEURE AMIE, ÈVE !
MOUAIS, PAS MAL... IL A L'AIR BIEN FOUTU...
J'LES PRÉFÈRE QUAND MÊME BRONZÉS !
FAUDRAIT VOIR DE DOS...
MAIS BON, J'AIME PAS SES DENTS ET IL EST TROP POILU...
SALUT !
VAS-Y, INSTALLE-TOI ! RACONTE-MOI, QU'EST-CE QUE TU FAIS ICI, À MONTPELLIER ?
TU FAIS PAS TES ÉTUDES SUR PARIS ?
BEN, J'AI EU MON BAC, ALORS, JE SUIS RE-VENU...
SON BAC... ET ALORS ? FRIMEUR !

ROUKY, 3 MOIS
QUAND ON ÉTAIT VOISINS.
TU TE RAPPELLES IL Y A DIX ANS, NOTRE PROMESSE !?
ON SE VOYAIT TOUS LES JOURS... ON PASSAIT NOTRE TEMPS ENSEMBLE.
ET PUIS LE TRUC CLASSIQUE, MES PARENTS ONT DÛ DÉMÉNAGER POUR LEUR TAFF !
PLEURE PAS, LYDIA, QUAND J'AURAI MON BAC...
JE REVIENDRAI ICI !
SNIF

CHARLYYYYY !
CHARLY...
ON S'ÉCRIRA, LYDIA !
C'EST VRAI, JE ME SOUVIENS...

* SCIENCES ET TECHNIQUES DES ACTIVITÉS PHYSIQUES ET SPORTIVES.

FIN DE LA JOURNÉE. LA FIN DES VACANCES EST PROCHE...
À BIENTÔT, CHOU ! JE T'APPELLE CE SOIR !
OK...
SI T'ES TOUTE SEULE, J'PEUX RESTER AVEC TOI, SI TU VEUX !
AH, BONNE IDÉE !
TU RESTES MANGER AVEC MOI CE SOIR, CHOU ?
BEN, MON PÈRE NOUS FAIT SES LASAGNES AUX CRABES...
?!
J'HÉSITE À TE LE DIRE MAIS...
BEN, C'EST SON MEILLEUR AMI ! ÇA FAIT LONGTEMPS QU'ILS SE SONT PAS VUS, C'EST NORMAL QU'ILS AIENT DES TRUCS À SE RACONTER !
TU LAISSES TA MEUF SEULE AVEC CE GARS !?
HEIN ? POURQUOI ?!
T'ES VRAIMENT UN GROS CON !!!

DÉSOLÉ, C'EST PAS DANS MA NATURE ! LYDIA ET MOI ON S'AIME, JE LUI FAIS CONFIANCE !
...
JE VOIS TON MANÈGE, SAVANE ! T'ESSAIES DE ME METTRE LE DOUTE, DE ME RENDRE JALOUX !
C'EST VRAI QUE LÀ, T'ES UN PEU TROP NAÏF, TERRENCE.
BEN...
CE QUI FAUT PAS ENTENDRE... DIS-LUI, TOI, ÈVE !
BON, J'T'ARRÊTE TOUT DE SUITE LÀ !! L'AMITIÉ HOMME-FEMME C'EST UNE INVENTION CRÉÉE PAR LES MECS POUR SERRER LEURS AMIES !
MAIS C'EST VOUS QUI PSYCHOTEZ ! C'EST SON AMI ! SON AMI !

CARRÉ-MENT...
?!
DÉJÀ, IL T'A PRIS DE HAUT... AVEC TON AIR DE CREVETTE, T'AS PAS ASSEZ MARQUÉ TON TERRITOIRE.
MOI, J'VEUX BIEN QUE T'AIES CONFIANCE EN LYDIA, ET T'AS SÛREMENT RAISON... MAIS C'EST L'AUTRE POILU QUI ME PRÉOCCUPE !
BIEN SÛR, AVEC UN THON, PAS DE PROBLÈME, MAIS SI LA FILLE EST CHOUKETTE, N'IMPORTE QUEL GARS TENTERA AU MOINS UNE FOIS SA CHANCE !
L'AMITIÉ ENTRE UN GARS ET UNE GONZESSE ÇA TIENT JAMAIS ! IL L'AURA À L'USURE ! COMBIEN DE FOIS J'AI COUCHÉ AVEC MES AMIES, MOI ! C'EST COMME ÇA, ON N'Y PEUT RIEN !

MAIS... MAIS C'EST NUL ! ÇA CRAINT !
C'EST PAS FAUX...
APRÈS, OUAIS, Y A DES AMITIÉS QUI DURENT... QUAND LE GARS SAIT QU'IL L'AURA JAMAIS PLUS PAR EXEMPLE, OU QU'IL S'EST PRIS UNE CRAMPE... MAIS À LA BASE, L'IDÉE C'EST DE SE TAPER SON AMIE EN UTILISANT LA FIBRE SENTIMENTALE VERSION COPAIN-COPINE !
BEN OUAIS... C'EST LES MECS, QUOI... TOUS DES CONNARDS !
IL EN A APRÈS LYDIA, C'EST SÛR !
MERDE, VOUS FAITES CHIER ! VOUS M'AVEZ MIS LE DOUTE MAINTENANT !
CE CHARLY ...
BON, SAVANE, TU NOIRCIS LE TABLEAU... MAIS SANS ÊTRE AUSSI EXTRÊME, JE PEUX PAS DIRE QUE JE LE SENTE VRAIMENT...

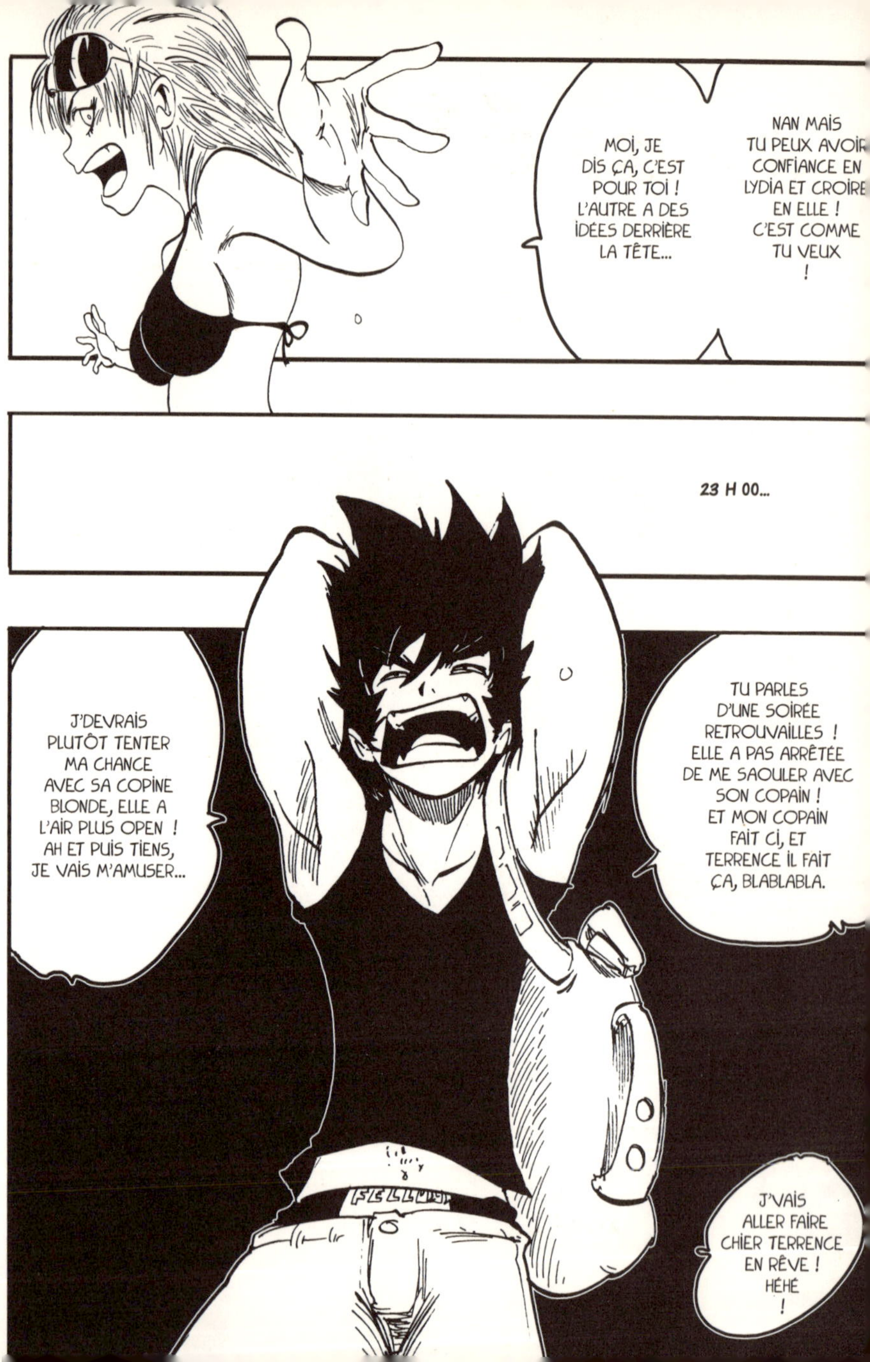
MOI, JE DIS ÇA, C'EST POUR TOI ! L'AUTRE A DES IDÉES DERRIÈRE LA TÊTE...
NAN MAIS TU PEUX AVOIR CONFIANCE EN LYDIA ET CROIRE EN ELLE ! C'EST COMME TU VEUX !
23 H 00...
J'DEVRAIS PLUTÔT TENTER MA CHANCE AVEC SA COPINE BLONDE, ELLE A L'AIR PLUS OPEN ! AH ET PUIS TIENS, JE VAIS M'AMUSER...
TU PARLES D'UNE SOIRÉE RETROUVAILLES ! ELLE A PAS ARRÊTÉE DE ME SAOULER AVEC SON COPAIN ! ET MON COPAIN FAIT CI, ET TERRENCE IL FAIT ÇA, BLABLABLA.
J'VAIS ALLER FAIRE CHIER TERRENCE EN RÊVE ! HÉHÉ !

SONGE 61

CACHOTTIER

RÊVEUR : PIERRE (ZILON)
ROYAUME : CIRCUS ATTRACTIONS

PUTAIN, SABBA, T'EN AS MIS DU TEMPS !
DÉSOLÉ, LA DERNIÈRE LATTE AVANT DE DORMIR ...
YOP !
BON, DIRECTION LE ROYAUME DES CHATS !
OK !
OUAIS, SI ÇA AVAIT TENU QU'À NOUS, ON AURAIT TRACÉ !
C'EST TERRENCE QUI A TENU À T'ATTENDRE !
OUAIS... FAUT CONTINUER PAR LÀ !
TU VOIS LA GOLDEN LINE, TERRENCE ?

ÇA FAIT UNE HEURE QU'ON MARCHE, LÀ !
LÀ-BAS ! DE LA FUMÉE ! SAVANE, PASSE DEVANT !
BOULET !
ILS SONT TOUS VOYAGEURS !? C'EST FOU, ÇA...
HÉ ?! VOUS OUBLIEZ QUE LA DERNIÈRE FOIS, C'EST GRÂCE À MOI QUE...
TU VAS NOUS LA RESSORTIR COMBIEN DE FOIS ?
ALORS ÇA, POUR UNE SURPRISE !

TU CROIS QUE C'EST ICI ?!
WAAH ! Y A QUE DES CHATS !
T'ES OBSERVATEUR, TOI !
ILS ONT TOUS L'AIR SUPER OCCUPÉS !
AVANÇONS... ESSAYONS DE TROUVER LE ROI !
HEU... YO !
DIS PAS YO !
FAUT PEUT-ÊTRE MIAULER ?
BEN VAS-Y, FAIS-LE !
OKAY !
WC

HEU, EXCUSEZ-MOI...
OOOH ! UN PITI' CHATON ! VIENS LÀ, TOI !
ON RECHERCHE LE ROI DES CHATS !
UNE QUESTION !
ON VOUDRAIT JUSTE VOUS POSER...
HUM... EXCUSEZ-MOI !!!
...
MIAULE !
AH, J'AVAIS RAISON !
PUTAIN, IL M'ÉCOUTE PAS !
VOUS TROUVEREZ LE ROI DANS SON PALAIS, À LA CAPITALE, FÉLINA !
ICI, VOUS ÊTES À MOUSSEMOUSSE CABANON... NOUS SOMMES UN DES PETITS VILLAGES QUI ENTOURENT LE ROYAUME DES CHATS...

JE M'DISAIS AUSSI QU'IL ÉTAIT UN PEU MITEUX, CE ROYAUME...
LE ROYAUME EST EN PLEINE EFFERVESCENCE !
DANS DEUX NUITS, CE SERA LA NUIT DU CHAT NOIR !
UN ÉVÉNEMENT QUI N'ARRIVE QUE TOUTES LES 9 999 NUITS ! C'EST UN SOIR DE FÊTE...
ET VEUILLEZ ÉLOIGNER CE CHAT CACA DE MES MASQUES...
ÇA EXPLIQUE TOUT.
CHAT CAC...
AAAH ! UNE MERDE GÉANTE !
M'APPROCHE PAS, SABBA !
LA NUIT DU CHAT NOIR ?
J'AI BIEN ENVIE DE VOIR ÇA !
ET IL SE PASSE QUOI PENDANT CETTE NUIT ?
MAIS PUTAIN QUI C'EST QU... !

!!!
ON LE VOIT PARTOUT, CELUI-LÀ !
LAISSEZ-MOI TRAVAILLER !
CHARLY !?
YO !
ALORS, TOI AUSSI, T'ES UN VOYAGEUR !? C'EST FOU !
ET LYDIA N'EN EST PAS UN ?
NON..... ENFIN, JE PENSE PAS...
AAAH ! LÂCHE-MOI, SALE MERDE !
MIAW !

ET C'EST QUOI, VOS POUVOIRS ?
MMMH, SABBA N'EN A PAS... ÈVE, J'AI PAS BIEN COMPRIS, ELLE EST VENTRILOQUE JE CROIS.
ABRUTI ! J'INVOQUE DES MOTIFS !
TU PARLES D'UN POUVOIR !
MOI AU MOINS, J'EN AI UN !
AH C'EST FACILE
SAVANE EST LE FISH MAKER...
HOHO ! C'EST TOI ! T'ES PAS QU'UN FRIMEUR, ALORS !
ET MOI...
JE SUIS UN CONTRÔLEUR DU FEU...
MAIS JE DÉBUTE, HEIN !

AH !
AHAHAH...
MWOUAHAH ! J'HALLUCINE !
QU'EST-CE QUI LUI PREND ?!
ENCORE UN TARÉ !
NAN, UN PARISIEN...

LUI AUSSI !
AH ! UN CONTRÔLEUR DU FEU !
HAHA ! EXCUSEZ-MOI, C'EST NERVEUX !
CLAIR.
ILS AIMENT LA MÊME FILLE, ILS ONT LES MÊMES POUVOIRS...
C'EST DINGUE ÇA !
DB LE FILM ÇA CA
AH OUAIS !
ET ÇA, T'AS VU !?
PFFF ! ILS SONT PAS ACCUEILLANTS, CES CHATS ! TOUS À TRAVAILLER COMME DES FOUS !
J'VAIS M'BALADER !

OUAIS, BIEN SÛR ! FAUT QUE JE TROUVE UN NOM D'AILLEURS.
TU PEUX FAIRE DES BOULES DE FEU ?!
CHUIS DÉG, LA CLASSE ! TU PEUX CRIER KAMÉHAMÉHA SI TU VEUX !
LOGIQUEMENT, TU PEUX LE FAIRE AUSSI !
Y A ÇA...
HADOKEN !
MAIS J'AI PAS LES DROITS...
...
BEN AVEC UN DOIGT ÇA DÉPEND ! DES FOIS, J'Y ARRIVE !!
À UN DOIGT ? C'EST FACILE !
...
OK... UNE FLAMME À CHAQUE DOIGT !?
BEN NON...
ET ÇA, TU SAIS FAIRE ?
HEU... NON PLUS.

MAIS MON DIEU, COMMENT T'AS FAIT POUR SURVIVRE JUSQU'À PRÉSENT !?
FAIS GAFFE, LES NOIRES SONT SUPER PUISSANTES
J'PEUX VOIR ?!
OK... UN OBJET MAGIQUE ! J'ME DISAIS AUSSI.
J'AI CES ALLUMETTES... ELLES M'AIDENT À CRÉER UNE FLAMME.
EH OUI...
QU'EST-CE QU'ILS FOUTENT ?!
OH PUTAIN, ÇA PULSE !
WAAH ! JE T'AI DIT DE FAIRE GAFFE !

C'EST QUOI CETTE FLAMME EN PLEIN MILIEU DU VILLAGE !?
QU'EST-CE QUE ?
MAIS ARRÊTE, T'ES MALADE !!!
CHARLY, ARRÊTE !
C'EST LE PIED !

T'AS CRAMÉ TOUTES LES ALLUMETTES !!!

OHOH !!
MAIS QU'EST-CE QUE VOUS FOUTEZ, BORDEL !?

AAARRGH !
J'A... J'ARRIVE PAS À LA CONTRÔLER !
BANDE DE CONS !
C'EST LA CATA ! LE VILLAGE VA Y PASSER !
CHARLY, PUTAIN, TU TE RENDS COMPTE !?
ÇA VA ! TU VAS VOIR !

WOOOO !!
PUISSANCE MAXIMALE !
VOILÀ ! LES MAISONS SONT ÉPARGNÉES !
LE FEU... IL SE DIRIGE VERS... NOS RÉCOLTES ! ON N'AURA PLUS RIEN À MANGER !!!

PAS LE CHOIX...
JAMAIS CONTENTS !
C'EST LA FIN POUR NOUS !
TERRENCE !
TERRENCE EST PARTI SE JETER DANS LA BOULE !
QU'EST-CE QUI SE PASSE ICI !?
POUR SAUVER LES RÉCOLTES !
J'TROU-VERAI BIEN UNE EXCUSE !
TÉMÉ-RAIRE...
MAIS QU'EST-CE QU'IL FOUT !?

NOOOON ! TU VAS MOURIR !?
TERRENCE, ABRUTI, ATTENDS !
TER-REEE-EENCE !!!
MERDE ! IL... IL EST DEDANS !
WOOOOOSH !

SOIT J'ASPIRE LES FLAMMES EN MOI...
JE N'AI PAS LE CHOIX...
SOIT L'EFFET INVERSE SE PRODUIT... JE DÉTRUIS TOUT !
TANT PIS ! FINI DE GLANDER !

TERREE-
EENCE
!!!

SONGE 62

LE MARCHÉ

HA... HA... HA...
ÇA... ÇA VA ?
COMMENT T'AS PU SURVIVRE ?
BAAH... C'ÉTAIENT DES FLAMMES ÉPHÉMÈRES ! ELLES ONT DISPARU TOUTES SEULES !
MAIS T'ES TARÉ !
QU'EST-CE QUI S'EST PASSÉ ?
RIEN, RIEN...
AH... ON A EU CHAUD, HEIN ?!

JE ME SUIS TROMPÉ SUR TOI... TU NE CONTRÔLES PAS TON POUVOIR, MAIS T'ES COURAGEUX !
C'EST LOUCHE !
ALLEZ, N'EN PARLONS PLUS !
OUAIS, C'ÉTAIT IMPRESSIONNANT, MAIS ÇA BRÛLAIT PAS TANT QUE ÇA !
MERDE, QUELLE CHANCE !
BAH, C'ÉTAIT FUNKY, NON ?
MOUAIS... GROS TARÉ !
D'AILLEURS, QU'EST-CE QUI T'A PRIS DE FAIRE ÇA, CHARLY !?
ENCORE CETTE IMPRESSION... J'ÉTAIS LÀ... LES FLAMMES NE SE SONT PAS VOLATILISÉES TOUTES SEULES !
TU N'ES PAS AUSSI MOLLASSON QUE TU VEUX BIEN LE FAIRE CROIRE...
TERRENCE... QU'EST-CE QUE TU CACHES ?!
SA-VANE, ÇA VA ?!

NON... JE VAIS DANS L'AUTRE SENS, MOI.
ON CONTINUE...
CHARLY, TU VIENS AVEC NOUS ?
OUAIS...
...
RIVAL ?! N'IMPORTE QUOI !
POURQUOI TU FAIS AMI-AMI AVEC LUI ?... C'EST TON RIVAL !
À PLUS !
TERRENCE... LE COPAIN DE LYDIA !
MON JUMEAU NOCTURNE...

DEUXIÈME NUIT... MARCHÉ DE LA CAROTTE, LE PLUS GRAND DE DREAMLAND !
POURQUOI CAROTTE ? PARCE QU'UNE LÉGENDE FÉLINE RACONTE QUE LE PREMIER ROI DES CHATS ÉCHANGEA UNE CAROTTE CONTRE UN ROYAUME...
ON Y VEND ET ÉCHANGE DE TOUT. LES CHATS ONT LE COMMERCE DANS LE SANG. CE SONT LES MARCHANDS DU PAYS DES RÊVES.
PAR ICI, MESSIEURS DAMES, PAR ICI ! LE KILO À TROIS UNITÉS, TROIS !

IL EST GIGANTESQUE !
ON DIRAIT UN MARCHÉ !
WAAH ! QU'EST-CE QUE C'EST QUE ÇA !?
Y A DES CHATS PARTOUT ! COMMENT ON VA TROUVER LEUR ROI !?
JE CROIS QU'IL FAUT TRAVERSER LE MARCHÉ, ET ON ATTEINDRA LE PALAIS !

JE VOUDRAIS ÇA !
BIEN SÛR !
N'HÉSITEZ PAS ! VENEZ !
JE T'ÉCHANGE TON POISSON CONTRE CETTE STATUETTE DU MO...
HÉ, TOI !
C'EST FOU ! IL Y A DES RÊVEURS ET DES VOYAGEURS PARTOUT !
GRRRR, JE VIENS DE RATER L'AFFAIRE DU SIÈCLE ! UN DES 12 MAÎTRES POISSONS MAUDITS !!!
TOUT MON MAGASIN !!
NAN, DÉSOLÉ !
DÉSOLÉ, BIBI N'EST PAS À VENDRE !
DEUX STATUES !

MERDE ! OÙ SONT PASSÉS LES AUTRES ?!
CELUI-LÀ EST TRÈS À LA MODE ! IL VOUS IRA TRÈS BIEN !
MOUAIS, TOUT LE MONDE L'A, QUOI...
DEUX ACHETÉS, UN OFFERT !
AH, VOUS VOULEZ DU RARE !? VENEZ, SUIVEZ-MOI !
EN MÊME TEMPS UN DINO À IN-VOQUER...
C'EST UN PETIT BIJOU ! IL N'EN EXISTE QU'UN UNIQUE EXEMPLAIRE !
ON RACONTE QU'IL A ÉTÉ PORTÉ PAR UNE VALEUREUSE GUERRIÈRE...
LA SEULE FEMME DANS DREAMLAND À AVOIR VAINCU UN DRAGON... IL Y A ENCORE DU SANG DESSUS !

TRÈS BIEN, JE VOUS FAIS UN PRIX, ALORS !
ALLEZ, VA POUR LES DEUX !
UN PUR PRODUIT VINTAGE !
ALORS, CELUI À LA MODE, 13 UNITÉS, PLUS LE TRÈS RARE À 100 UNITÉS...
ALLEZ, JE VOUS FAIS LES DEUX À 100 UNITÉS D'ESSENCE DE VIE !
ES-SENCE DE VIE ?
C'EST LA PREMIÈRE FOIS QUE VOUS VENEZ DANS CE MARCHÉ ?!
OUI !
ICI, ON RÈGLE SOIT EN ESSENCE DE VIE, SOI EN TROC.
ÇA M'A L'AIR LOUCHE, CETTE HISTOIRE D'ESSENCE DE VIE...
SINON, IL FAUT M'ÉCHANGER QUELQUE CHOSE QUI VAUT CES DEUX T-SHIRTS !
ET ÇA, ÇA LES VAUT !?

OK, ADJUGÉ À 30 UNITÉS D'E.V.
ESSENCE DE VIE ? C'EST QUOI ÇA ?
ÉCHANGE PAR TROC OU ESSENCE DE VIE
C'EST QUOI, CE DÉLIRE !?
MERCI BIEN !
VOILÀ.
TENEZ, VOTRE OBJET !
MERCI !
L'ESSENCE DE VIE C'EST DES BOUTS DE NOUS !? DE NOTRE ESPRIT ?!

L'ESSENCE DE VIE A UNE GRANDE VALEUR À DREAMLAND. CERTAINES CRÉATURES ÉVOLUENT GRÂCE À ELLE. SEULS LES VOYAGEURS PEUVENT DÉCIDER D'EN CÉDER UNE PARTIE.
MERDE ! FAUT QUE JE PRÉVIENNE LES AUTRES ! FAUT PAS QU'ILS ACHÈTENT QUOI QUE CE SOIT !
WAHOO ! J'HALLUCINE, UN "DROGUE STORE" !
DROGUE
CE MARCHÉ C'EST UN VRAI LABYRINTHE !
J'ME SUIS PERDU !
BONJOUR, CHER CLIENT.
WAHOU ! TOUTES CES BEUH DIFFÉRENTES ! Y A MÊME DE LA DEAD WEEN !
MONSIEUR EST CONNAISSEUR !
DES CHAMPIS EN SACHET ! C'EST LE PARADIS !
J'AI EN RÉSERVE UNE PLANTE ILLÉGALE À DREAMLAND... L'HERBE DES TITANS ! SEULS LES TITANS DES MONTAGNES SUPPORTENT SON EFFET !

J'ESPÈRE QU'IL FAIT PAS TROP DE CONNERIES...
IL M'A SEMBLÉ ENTENDRE SABBA... MAIS DANS CETTE FOULE !
CHAIS PAS CE QUE C'EST, MAIS VAS-Y, BALANCE LE MATOS !
ÇA FERA 200 E.V.
J'EN VEUX, J'EN VEUX !
TOUT VIENT DU TERRIBLE ROYAUME DU FEU !
M'SIEUR, JETEZ UN ŒIL !
CETTE LANTERNE APPARTENAIT AU SEIGNEUR ASMODÉHUS LUI-MÊME !
TIENS, UN MAGASIN DU FEU !
PARFAIT POUR ÉCLAIRER À L'INFINI !
ELLE NE RÉAGIT QU'À SON SEIGNEUR, DONC IMPOSSIBLE DE PRENDRE FEU !
MH ?
LE SEIGNEUR DU FEU...

AU SECOURS, MON MAGASIN !
CASSOS !
J'AI RIEN FAIT !
WOUAAAH !
BOUH !
A AAAH !
ÉVITONS DE NOUS FAIRE REMARQUER...
AU FEU !!
AH, VOUS ÊTES LÀ ! L'INCENDIE C'EST À CAUSE DE VOUS, PAS VRAI !?
ÈVE !
T'AS ACHETÉ DES TRUCS ?!
PUTAIN, SAVANE, T'ES TROP CON ! TU M'AS FAIT PEUR !
JE SAIS PAS CE QUE T'AS FOUTU MAIS BON, JE T'AI RETROU-VÉ...

T'AS ÉCHANGÉ QUOI ?
JE M'EN DOUTAIS, DU COUP, J'AI ÉCHANGÉ...
FAUT RIEN ACHETER ! L'E.V. C'EST UNE ARNAQUE !
ELLE A VENDU SON CORPS ...
OUAIS, OU UN TRUC COCHON EN TOUT CAS !
ÇA VOUS REGARDE PAS ! FAUT RETROUVER SABBA ET LUI DIRE DE FAIRE GAFFE !
JE SAIS PAS !
QU'EST-CE QUI DIT ?
ÇA SENT LA MERDE...
TIENS, REGARDEZ QUI DÉBARQUE !
QUI A FAIT CACA TOUT MOU ?
TRIP FULI CULI
SABBA...

TIREZ LA CHASSE, BORDEL !
OÙ EST PASSÉ TON BRAS !?
IL A DÛ VENDRE SON BRAS CONTRE DE LA DROGUE !
IL PLANE !
SABBA, MAIS BORDEL, QU'ESS T'AS FOUTU !?
PUTAIN, COMME SI ON N'AVAIT QUE ÇA À FOUTRE !
ON VA TROUVER CELUI QUI T'A ESCROQUÉ, ET VITE !
VA CHIER CHEZ MÉME...
QUEL BOULET !
C'EST MOI OU IL FLOTTE ?!

IL SE FOUT DE MA GUEULE ! J'VAIS L'TUER !
LÀÀÀÀ...
DANS QUELLE DIRECTION ?! SABBA, HO !
J'VAIS TE FAIRE REDES-CENDRE, MOI !
DONC POUR QUE ÇA RÉAPPARAISSE...
D'APRÈS CE QUE J'AI COMPRIS, ON VEND UN BOUT DE SON ÂME EN FAIT...
POURQUOI ON ATTEND PAS LA NUIT PROCHAINE ? SON BRAS VA REPOUSSER !
DRAGON BALL, LE FILM, C'EST MOI OU ÇA SENT LA MERDE !?
SABBA, FAUT QU'ON SE BOUGE !
ALORS, T'ES CLAIR !?
BÂILLE

HÉ, TOI ! REVIENS, SALE BOUSE !
HEY ! C'EST MA CROTTE !
IL EST SCATO OU QUOI !?
PUTAIN, C'EST PAS VRAI !
PARLER DE MERDE TOUT LE TEMPS...
MAIS C'EST D'LA MERDE, MAIS C'EST D'LA MEEERDE !
ÇA DOIT ÊTRE LUI ! VITE !
OUPS !
IL EST RENTRÉ DANS CE TEMPLE.
AH ! IL S'ENVOLE !

BON BEN, ON N'A PAS LE CHOIX... FAUT QU'ON Y AILLE AUSSI !
JE VOUS ATTENDS TRANQUILLE ICI, OK ?

TEMPLE DU CHAT PERCÉ. LORD CRAZY.
LORD CRAZY ! DES INTRUS PÉNÈTRENT DANS LE TEMPLE !

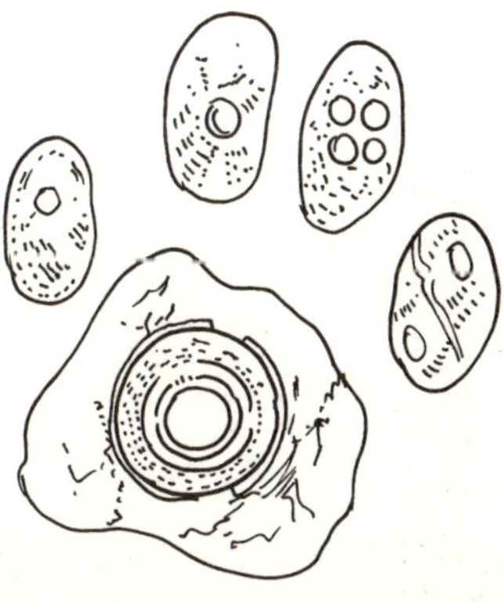

LE ROYAUME DES CHATS
EST CONSTITUÉ EN SON
CENTRE DE LA CAPITALE
ET DU PALAIS ROYAL,
AU NORD, SE TROUVENT
4 VILLAGES.

SONGE 63
LORD CRAZY

LE SITE OFFICIEL DREAMLAND EST OUVERT !
PLEIN DE BONUS, PLUS LE FORUM
OÙ LE PEN MERRY RÉPOND À VOS QUESTIONS :
WWW.PIKA.FR/DREAMLAND/

VOUS AVEZ VU, ON SE CROIRAIT...
CHEZ UN TATOUEUR !

VOUS DÉSIREZ ?
HM ?
OUAIS...
CES TATOUAGES SONT BIEN ÉTRANGES...
VOUS AVEZ PRIS RENDEZ-VOUS AVEC LE GRAND LORD CRAZY...
TATOUAGE, PIERCING, SCARIFICATION, IMPLANTATION, TRANSFORMATION...
VILE
C'EST AUSSI LE PLUS GRAND TATOUEUR DE DREAMLAND... DE NOMBREUX HÉROS OU PERSONNAGES CONNUS SONT PASSÉS SOUS SES GRIFFES !
LORD CRAZY EST UN DES QUATRE CHATS GARDIEN DE LA CAPITALE...
TU M'ÉCOUTES !?
VOUS N'ÊTES JAMAIS VENUS ICI ? VOUS AVEZ UNE CARTE DE MEMBRE ? MMH, DES NOUVEAUX, JE VOIS...
ATTENDS !

C'EST UNE STAR?! VOYEZ LA LISTE D'ATTENTE POUR UNE ŒUVRE DE MAÎTRE CRAZY...
JE VOIS... VOUS AVEZ FAIT DES ACHATS AU MARCHÉ !
C'EST QUOI QU'ON ENTEND, LÀ ?
TU AS DÛ LE VOIR... IL A LE BRAS DE CET AHURI !
HÉ, LA FERME ! NOUS, ON POURSUIT JUSTE UN DE TES ACOLYTES...
CETTE LISTE EST TRÈS LONGUE !
IL EXISTE QUATRE TEMPLES QUI PROTÈGENT L'ENTRÉE DE LA CAPITALE...
LE PROBLÈME, C'EST QU'ON NE TRAVERSE PAS UN DES TEMPLES SACRÉS SANS L'ACCORD DE SON GARDIEN !
LE TEMPLE DU CHAT MUSCLÉ, QUI CHERCHE UN REMPLAÇANT À L'ANCIEN LORD QUI A TRAHI LE ROI...
LE TEMPLE DU CHAT PERCHÉ ! MAIS SIRE ELVIS N'EST PAS RENTRÉ DE SA MISSION...
LE TEMPLE DU CHAT BOTTÉ...

ET ICI, VOUS ÊTES AU TEMPLE DU CHAT PERCÉ DE LORD CRAZY ! CHAQUE LORD IMPOSE UNE ÉPREUVE AUX AVENTURIERS QUI DÉSIRENT TRAVERSER SON TERRITOIRE.
DÉGAGE DE LÀ ! TU NE MÉRITES PAS DE PORTER UN DE MES TATOUAGES !
TU NE M'INTÉRESSES PLUS !
TU CRIES TROP, PETIT !
LORD CRAZY, LE PLUS GRAND TATOUEUR, SE TROUVE DERRIÈRE CE RIDEAU !
AAAH ! C'EST PIRE QUE L'ENFER ! C'EST UN FOU ! UN FOU !
LUI, IL A RATÉ LE TEST !

VOUS ÊTES CHANCEUX... VOUS VENEZ DE GAGNER UNE PLACE !
PARS PAS ! ÇA VA ÊTRE À MOI, SINON !
BYE BYE !
HÉ...
EUH, J'VOUS LAISSE, J'AI PISCINE ...
MAIS ATTENDS ! ON VA PAS TOUS SE FAIRE TATOUER !? ÇA VA PRENDRE UN TEMPS FOU !
FAUT BIEN SI ON VEUT RÉCUPÉRER LE BRAS DE CET ABRUTI... QUEL QUE SOIT LE TEMPLE, IL AURAIT FALLU PASSER UNE ÉPREUVE DE TOUTE FAÇON...
Y A PAS MOYEN !
ATTENDS ! ON N'EST PAS VENUS ICI POUR SE FAIRE TATOUER !
T'INQUIÈTE, J'AI MA PETITE IDÉE... LES CHATS SONT DES MARCHANDS, HEIN ?!
QU'EST-CE QUE TU MANIGANCES ?

OUI, C'EST POUR SON IMAGE... LORD CRAZY EST TRÈS FIER DE ÇA !
JE VOIS QUE TON MAÎTRE AIME TATOUER DES PERSONNAGES QUI VONT DEVENIR DES HÉROS...
DOLCHE TEJADA
QUE DIRAIS-TU DE TATOUER ICI ET MAIN-TENANT UN VOYAGEUR QUI SE REND À EDENIA !?
HÉ, LE CHAT PERCÉ, DERRIÈRE TON RIDEAU !
EN VOILA UNE GRANDE GUEULE ?!
HÉ HÉ !
COMMENT OSES-TU ? TU VEUX MOURIR !?
...

URGH ! J'PEUX PLUS BOUGER !
DIS-MOI, P'TITE TAFIOLE, ET SI JE TE PERÇAIS LA LANGUE 1 000 FOIS...
POUR VOIR SI TU ARRIVES À ME VOUVOYER !
ALORS, P'TIT TROUDUC' ? TU DIS PLUS RIEN ?
...
SAVANE !

SI VOUS POUVIEZ VOIR VOS TÊTES !
HAHA ! BANDE DE P'TITES BOUSES !
QUELLE FORCE ! J'AI RIEN PU FAIRE !
DIS-MOI... C'EST TOI, INSECTE, QUI VEUT ALLER À EDENIA !?
ON VA LE FAIRE !!!
GRANDE GUEULE... TU CROIS QU'IL SUFFIT DE PROCLAMER CERTAINS HAUTS FAITS IMAGINAIRES POUR AVOIR DROIT À MA MARQUE ?!

ON VA TROUVER...
EDENIA !!
HOHO ! JE VOIS, CE GROS CON DE MIDAS T'A FILÉ UN GOLDEN EYE !
PAS MAL POUR DES P'TIT ENFOIRÉS !
...
TERRENCE !

S'IL LE FAUT, ON... ON SE FERA TOUS TATOUER !
TERRENCE... TU T'EMBAL-LES UN PEU, LÀ !
IL INSULTE TOUT LE TEMPS LES GENS COMME ÇA ?
LORD CRAZY A... SON FRANC-PARLER.
NOUS DEVONS PASSER...
POUR QUE VOTRE ROI NOUS DONNE LA CLOCHE D'OR !
NE DÉSIRERAIS-TU PAS POSER TA MARQUE SUR UN CONTRÔLEUR DU FEU !?
SA-VANE !
MINUTE ! LE DEAL C'EST PAS ÇA !

ET CONTRE QUOI, P'TITE ENFLURE ?
...
TU NOUS LAISSES PASSER !
TU TATOUES TERRENCE, ET...
PUTAIN, MAIS VOS GUEULES !
SUPER L'ESPRIT D'ÉQUIPE...
ET ALLEZ, LES INSULTES !
BRAVO, SAVANE !
C'EST CLAIR !
ATTENDS, C'EST QUOI CETTE ARNAQUE ?
TERRENCE, TAIS-TOI !
TU POURRAIS ME DEMANDER MON AVIS !
LE FAIT QUE TU NE SOIS PAS D'ACCORD FAIT LA VALEUR DU DEAL !
VOUS AVEZ PAS PIGÉ COMMENT IL FONCTIONNE !

J'Y CROIS PAS ! IL A ACCEPTÉ !?
C'EST D'ACCORD, BANDE DE P'TITS BRANLEURS !
TU PEUX LE FAIRE AUSSI ! T'AS UN POUVOIR RARE !
T'ÉTAIS PRÊT À NOUS FAIRE TOUS TATOUER J'TE RAPPELLE !
HÉ, TERRENCE ! TU VAS PAS ME FAIRE LA GUEULE ?!
J'AI PIGÉ... JE VAIS ME FAIRE TATOUER.
C'EST BON !
J'AI PAS ENVIE QUE TU ME TIRES LA TRONCHE...
OK, TRÈS BIEN, ON VA TOUS SE FAIRE TATOUER ! ÇA VA PRENDRE DES PLOMBES, TANT PIS...
SI JE DISAIS ÇA, C'ÉTAIT POUR QU'ON RÉCUPÈRE PLUS VITE LA CL...

TU VAS PLEURER TA MÈRE, J'TE PRÉVIENS !
HÉ HÉ ! PARFAIT ! À NOUS DEUX, P'TIT CONTRÔLEUR DU FEU !
GLUPS...
BON COURAGE, TERRENCE !
OUAIS !
AU REVOIR MAN-CHOT.
CHOISIS L'ENCRE POUR MON ŒUVRE !
L'ENCRE DE VÉRITÉ...
DE LA SENSUALITÉ...
DU PÉCHÉ...
AVANCE, SABBA ! DÉJÀ QUE C'EST DE TA FAUTE...
ATTENDEZ !
ON PEUT VRAIMENT CHOISIR L'ENCRE !?
HEIN ? SA-VANE ?

QUELLE ENCRE CHOI-SIRAIS-TU ?
CE GARS A UNE IDÉE DERRIÈRE LA TÊTE !
QU'EST-CE QUE TU VEUX ENCORE, SAVANE !?
OHOH ! L'ENCRE QUI RÉVÈLE LA VRAIE PERSON-NALITÉ DU TATOUÉ !
POUR TERRENCE... L'ENCRE DE VÉRITÉ !

C'EST DÉCIDÉ ! CE SOIR VA NAÎTRE UN NOUVEAU CHEF-D'ŒUVRE ! LE TATOUAGE DU FEU, CELUI DE TON VRAI VISAGE !
DÉSOLÉ, TERRENCE, MAIS JE CROIS QUE TU NOUS CACHES DES CHOSES !

LA NUIT DU CHAT NOIR
ON Y EST !
ILS PRÉPARENT LA FÊTE DU CHAT NOIR !
C'EST COMME ON NOUS L'AVAIT DIT...
HEY, MAIS C'EST CE BON VIEUX JIMMY !?
REGARDEZ, LA TAVERNE S'APPELLE MOULEUSE ! ON VA ATTENDRE TERRENCE ICI, J'PENSE QU'IL TILTERA QU'ON EST LÀ !
ILS ONT TOUS DES MASQUES !
QUI VEUT UN MASQUE ?!

SALUT !
MH...
ÇA FAIT UN BAIL, HEIN ? DEPUIS LORD MAGOSS !
FÉLIX ! ÇA ALORS?! JE TE CROYAIS MORT...
HÉ HÉ NON, J'AI LA PEAU DURE !

J'AI APPRIS LA MORT DE MAGOSS !
C'EST TOI QUI L'AS ZIGOUILLÉ !
ÉTRANGE-MENT, J'AI CONSERVÉ MES POUVOIRS FÉLINS !
JE ME SUIS BEAUCOUP ENTRAÎNÉ POUR BOTTER LE CUL DE CE FAISEUR DE POISSONS !
MAIS PASSONS... JE NE T'AI PAS PRÉSENTÉ MES NOUVEAUX AMIS !
VOICI ZEBDA, LE RÂLEUR !
GENRE JE RÂLE...
AJITO, LE CHAMOURAI !
...
JOBART !
ELLE EST OÙ LA POULETTE ?
ET ENFIN RAF !
PRINCE RAFAEL... !?
SALUT, JIMMY !
OH, VOUS VOUS CONNAISSEZ ?

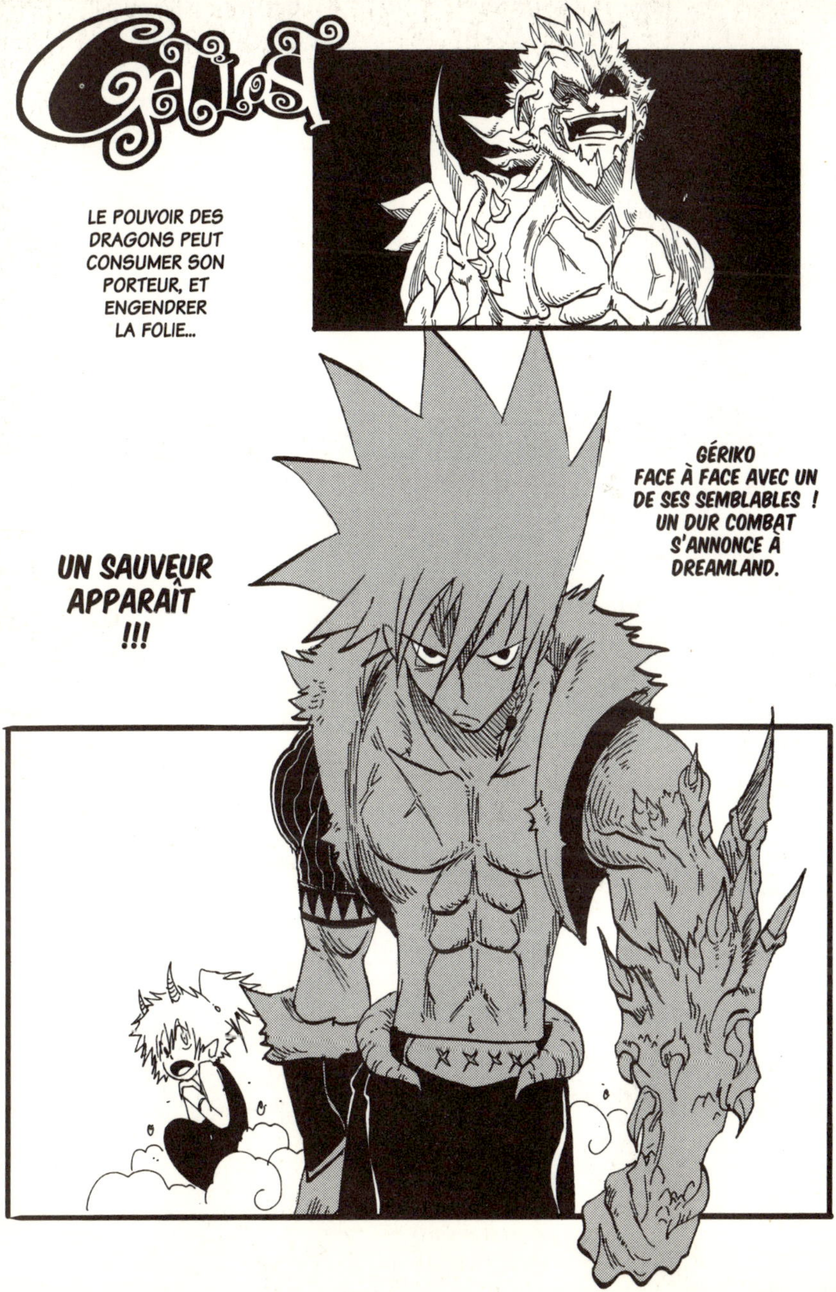
Geliot
LE POUVOIR DES DRAGONS PEUT CONSUMER SON PORTEUR, ET ENGENDRER LA FOLIE...
GÉRIKO FACE À FACE AVEC UN DE SES SEMBLABLES ! UN DUR COMBAT S'ANNONCE À DREAMLAND.
UN SAUVEUR APPARAÎT !!!

SONGE 64
LE RETOUR DE JIMMY

TU ES VENU VOIR MON PÈRE ?
MAIS TU AS QUEL ÂGE ?
OUI, JIMMY A SERVI MON PÈRE, IL Y A LONGTEMPS.
OH, VOUS VOUS CONNAISSEZ ?
SALUT, JIMMY !
AH OUI, J'AI APPRIS POUR LORD MAGOSS... BON COURAGE AVEC SATURN...
PEUT-ÊTRE, SI J'AI LE TEMPS... JE SUIS VENU POUR LA NUIT DU CHAT NOIR... ET POUR VOIR SATURN !
JE SUIS PRINCE DE CE ROYAUME, FÉLIX.
PURÉE, T'ES QUELQU'UN, TOI !
COOL
BON, ON SE POSE ICI EN ATTENDANT TERRENCE !?

LE MARCHAND, T'AS UNE CHANCE DE COCU !
QU'EST-CE T'AS, SABBA ?
LÀ-BAS !
COU-COU !
EN PARLANT DE MARCHÉ... TU VAS NOUS RENDRE LE BRAS DE CET ABRUTI !
ET LES CHAMPIS...
QU... LORD CRAZY VOUS A LAISSÉS PASSER !?
DISONS QU'ON A CONCLU UN MARCHÉ !

JE SUIS ÉTONNÉ... TU SUPPORTES ASSEZ BIEN LA DOULEUR !

C'EST BIENTÔT FINI !
IL... IL PLAISANTE ! J'VAIS TOURNER DE L'ŒIL !
SI VOUS VOULEZ LE BRAS, IL FAUT ME L'ÉCHANGER CONTRE AUTRE CHOSE !
UN MARCHÉ EST UN MARCHÉ, C'EST LA RÈGLE ICI !
DÉSOLÉ, MAIS CE N'EST PAS UNE ARNAQUE !
VAS-Y ! ACCOUCHE !
ARRÊTE DE TE FOUTRE DE NOTRE GUEULE !
VOYEZ-VOUS, MALGRÉ MA GRANDE BEAUTÉ, JE SUIS TIMIDE ET JE... JE N'AI PAS...
C'EST CE QU'IL VOULAIT DEPUIS LE DÉBUT !
NOUS Y VOILÀ !

EN VOILÀ UN TATOUAGE DE TUEUR !
EH BIEN, P'TIT ENFOIRÉ, TU CACHAIS BIEN TON JEU !
VOILÀ, C'EST TERMINÉ !
MERDE, Y A PAS DE MIROIR...
C'EST SÛREMENT UNE DE MES ŒUVRES LES PLUS DANGEREUSES...
JE PEUX VOIR ?
TU N'AS PAS BESOIN DE LE VOIR, PARCE QUE TU LE CONNAIS...
CE TATOUAGE, C'EST TOI, TA VRAIE PERSONNALITÉ !
J'COMPREND PAS

TU DEVRAS GARDER LE PANSEMENT DEUX NUITS !
AH... BEN, MERCI.
TU AS MAINTENANT UN TATOUAGE DE LORD CRAZY...
ET C'EST UN DE MES PRÉFÉRÉS !
C'EST TOUT, JE PEUX Y ALLER ?
OK...
OUAIS, CASSE-TOI !
MEGA FUCK
MERCI DE QUOI, P'TITE MERDE !? ALLEZ, VA ! VA À EDENIA ! PARCOURS DREAMLAND, FAIS PARLER DE TOI ! EMMÈNE MON TATOUAGE AU SOMMET DES SOMMETS !!!

UNE LETTRE ?
TU TE DÉMERDES, C'EST TON BRAS APRÈS TOUT !
TIENS, TU SAIS CE QUI TE RESTE À FAIRE ! TROUVER UNE SERVANTE C'EST À TA PORTÉE !
EUH ...
...
J'AIME UNE SERVANTE DU PALAIS, DEPUIS TOUJOURS... SI VOUS POUVIEZ LUI DONNER CETTE LETTRE...

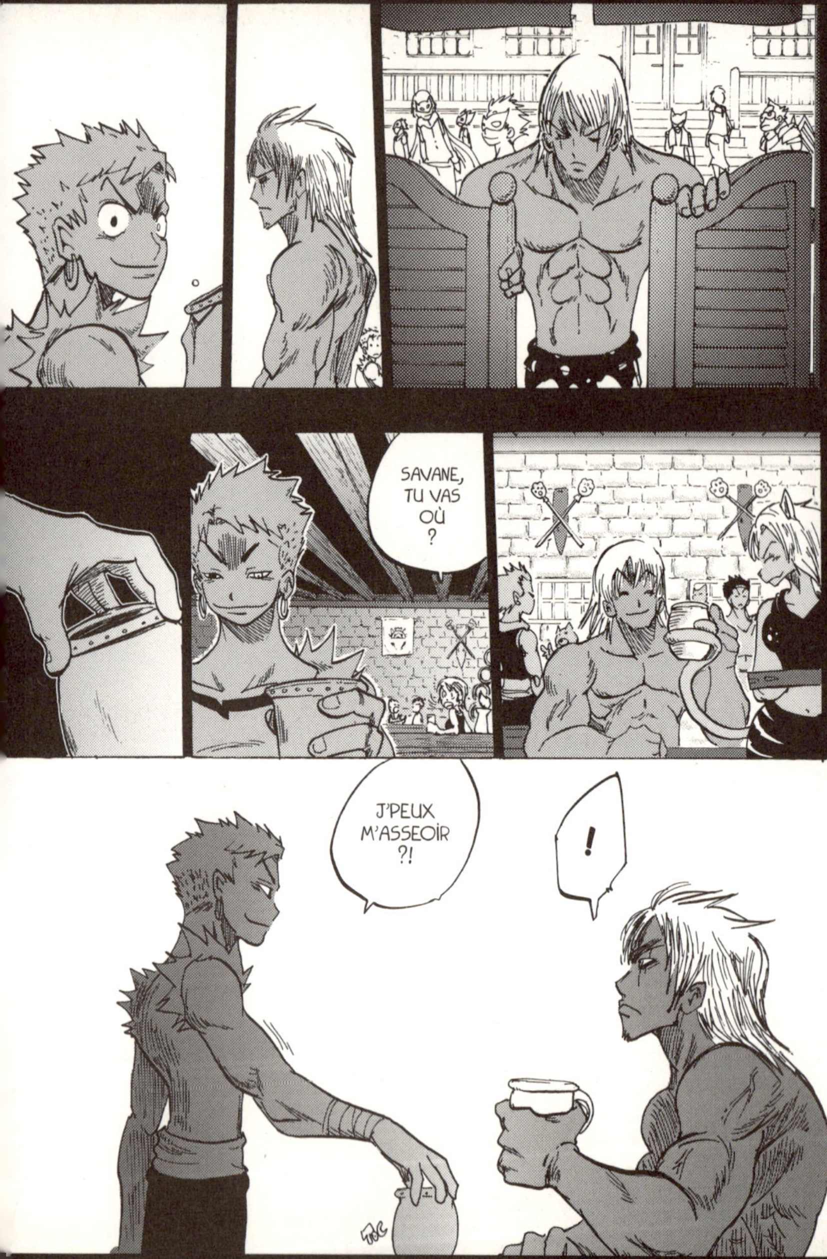
SAVANE, TU VAS OÙ ?
J'PEUX M'ASSEOIR ?!
!

HÉ, TERRENCE, ON EST LÀ !
SAVANE, QUELLE BONNE SURPRISE !
GRAVE ! ON POURRA LE VOIR QUE DEMAIN !
AH, SAVANE EST LÀ-BAS !
ALORS, MONTRE ! ÇA A FAIT MAL ?
ALORS, MOUMOU !? FAIS VOIR TON TATOO !
LE JEUNE TERRENCE ! VOUS ÊTES DONC TOUJOURS ENSEMBLE, TOUS LES DEUX ! C'EST BIEN...
JIMMY, ÇA ALORS ! COMMENT TU VAS ?

TU T'ES FAIT TATOUER !?
CHEZ CRAZY ?!
FAUT LAISSER CICATRISER UNE NUIT !
OUI... ON DIRA PAS À CAUSE DE QUI !
OOOH ! T'ES PAS MORT !
TU M'AS VENDU, ENFOIRÉ !
VOUS AVEZ VU LES TABLEAUX AUX MURS ? IL N'A TATOUÉ QUE CES GENS... PAS UN DE PLUS !
HA HA ! ET IL T'A PAS TATOUÉ, SAVANE !
TA GUEULE, ÈVE !
COMMENT ÇA ? Y AVAIT PLEIN DE MONDE QUI ATTENDAIT...
TU SAIS QUE CRAZY NE TATOUE QUE LES FUTURS GRANDS VOYAGEURS...
OUI, MAIS IL SAIT DÉCELER LES TALENTS... IL DEVINE CEUX QUI SONT PROMIS À DE GRANDES-CHOSES.

LE CORBEAU, ET AVANT LUI...
IL A TATOUÉ LES PLUS GRANDS...
L'ANCIEN N°1 DE DREAMLAND, UN VOYAGEUR DE LÉGENDE
CELUI-LÀ, IL FAIT PEUR, MAÎTRE...
PARFAIT ! ON VA LE METTRE ICI, À CÔTÉ DE TORO PICANA...

ON VEUT SURTOUT VOIR LE ROI !
VOUS ÊTES ICI POUR LA NUIT DU CHAT NOIR ?
NON, DEMAIN !
ALLEZ, MONTRE-LE !
JE M'Y RENDS... JE PEUX VOUS Y FAIRE ENTRER, SI VOUS VOULEZ.
QUELQUE CHOSE ME DIT QU'ON VA GALÉRER POUR AVOIR UNE AUDIENCE !
DÉJÀ, IL FAUT RENTRER AU PALAIS...
JE VOUS ATTENDS ICI AVEC LE BRAS !
C'ÉTAIT PAS LE MARCHAND ET LE BRAS DE SABBA !?
SI... JE T'EXPLIQUERAI.
SÉRIEUX !? TROP COOL !
ALLONS-Y !
OUI, JE CONNAIS BIEN LE ROI.

WOUUA-
AAAH
!

HÉ HÉ, VOUS RÊVEZ, LÀ !
NOUS RÉCLAMONS UNE AUDIENCE AUPRÈS DU ROI !
!?
VOUS ÊTES BIEN NAÏFS !
ET VOUS PENSEZ QU'IL SUFFIT DE DEMANDER !?
LE ROI EST TRÈS OCCUPÉ AVEC LA NUIT DU CHAT NOIR !
PUTAIN, C'EST QUOI, ÇA !?

JIMMY !
MILAN ?
PUTAIN, CE TRUC DE OUF !
SIRE MILAN !
JIMMY, ÇA FAISAIT LONGTEMPS !
TU AS ENCORE GRANDI, À CE QUE JE VOIS !
DIS-MOI, MES AMIS AIMERAIENT VOIR NOTRE ROI...
HEY !
RÉPONDS-TU D'EUX ?!
OUI, BIEN SÛR !
DANS CE CAS... LAISSEZ-LES PASSER !
OUI, SIRE !

TU ES VENU POUR LA NUIT DU CHAT NOIR ?
OUI, MAIS AUSSI...
LE PRINCE EST EN VILLE...
VRAIMENT ? LE ROI VA ÊTRE CONTENT !
JE VAIS VOUS ACCOMPAGNER !
POUR VOIR SATURN...
JE LE SAIS...
SATURN L'A MAUVAISE...
TANT MIEUX... MAIS JE DOIS TE METTRE EN GARDE...
C'EST POURQUOI J'AIMERAIS LE VOIR...
FACE À FACE...
C'EST JUSTEMENT GRÂCE À CES JEUNES QUE CETTE HISTOIRE EST TERMINÉE !
C'EST VRAI... J'AI APPRIS POUR TOI ET MAGOSS...

EUH, EXCUSEZ-MOI, VOUS SAURIEZ PAS OÙ TROUVER...
PUTAIN, LE PALAIS !
LA SALLE DU TRÔNE SE TROUVE AU FOND DE LA COUR... JE VOUS LAISSE...
JE NE CONNAIS PAS TOUTES LES SERVANTES DU PALAIS... MAIS LEUR QUARTIER EST DERRIÈRE LE CLOCHER !
FOUFOUNETTE... UNE SERVANTE !
COMMENT ELLE S'APPELLE DÉJÀ ?
FOUFOUNETTE !
L'ÉLITE DES GUERRIERS DU ROYAUME DES CHATS.
VOUS VENEZ DE PARLER AU GRAND MILAN, L'UN DES DEUX GARDES DU CORPS DU ROI.
ALLEZ, PORTE-TOI BIEN, JIMMY !
TOI AUSSI, MILAN... MERCI !
MERCI !
IL CONNAÎT BIEN, LE PALAIS CELUI-LÀ.

ÈVE ET MOI, ON VA VOIR LE ROI !
BON... LES BOULETS, VOUS VOUS CHARGEZ DE LA SERVANTE, PAR LÀ-BAS !
MOUAIS...
OUAIS, T'INQUIÈTE !
ET FOUTEZ PAS VOTRE BORDEL !
RAAH ! IL ME SAOULE À DONNER DES ORDRES !
BAH... C'EST COOL COMME MISSION.
VOILÀ LA SALLE DU TRÔNE...
IL Y A QUELQU'UN DEVANT LA PORTE... IL A PAS L'AIR COMMODE !
C'EST SATURN, L'AUTRE GARDE DU CORPS DU ROI...
MON MAÎTRE !

SONGE 65

STAGNATION

DÉCOUVREZ LES HÉROS
D'UNE AUTRE HISTOIRE, DREAMLAND TOKYO
TRIP, EN TÉLÉCHARGEMENT SUR LE SITE

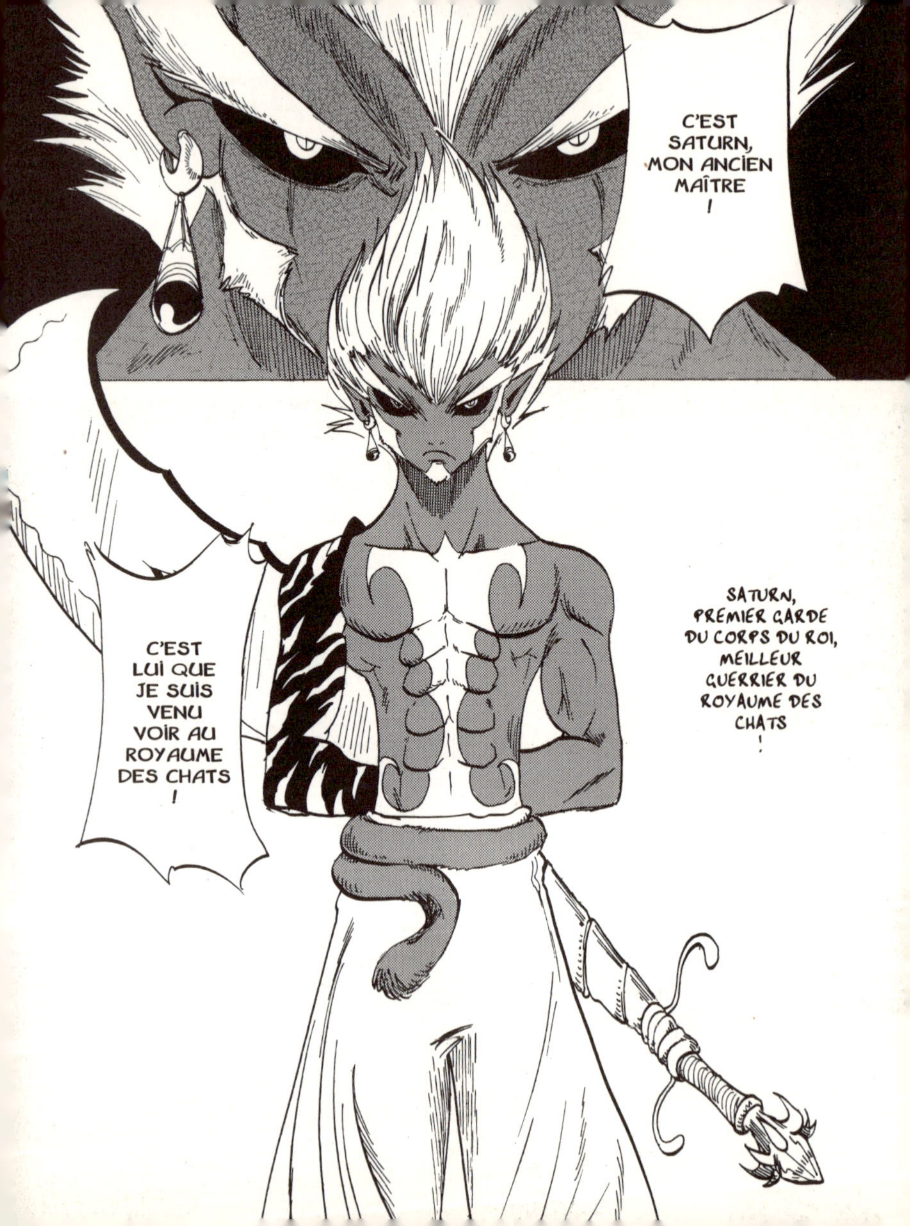

C'EST SATURN, MON ANCIEN MAÎTRE !
SATURN, PREMIER GARDE DU CORPS DU ROI, MEILLEUR GUERRIER DU ROYAUME DES CHATS !
C'EST LUI QUE JE SUIS VENU VOIR AU ROYAUME DES CHATS !

QU'ES-TU VENU FAIRE ICI, DÉCHET !?
OK...
...
TU PENSES QUE LA FÊTE VA PERMETTRE DE TOUT EFFACER !?

NON ! JE SUIS JUSTEMENT VENU EXPLIQUER MOI-MÊME LES FAITS !
LES FAITS !? QUELLE IMPORTANCE, TU ES UNE HONTE ! DISPARAIS, ET ÉVITE DE DIRE QUE TU AS ÉTÉ MON DISCIPLE !
JE REFUSE D'ENTEN-DRE TES EXCUSES !
HÉ HO, C'EST QUOI, CES MANIÈRES !?
TU PEUX PARLER !
SAVANE, NON ! TAIS-TOI !
JE SAIS PAS CE QUI SE PASSE ICI...

...
TU ES TOMBÉ BIEN BAS, JIMMY... TRAÎNER AVEC CETTE VERMINE...
ARRÊTE ! IL N'Y EST POUR RIEN !
J'AI RIEN VU... IL N'A MÊME PAS BOUGÉ, JE RÊVE !
C'EST QUOI, CE DÉLIRE ?
QUI EST CETTE DEMOISELLE ?!
HO, IL Y A DU MONDE !
...
SATURN, Y A PLUS DE PAPIER TOILETTE !
TU VEUX BIEN ALLER M'EN CHER-CHER ?

MON ROI, PRUDENCE ! NOUS IGNORONS TOUT DE CES VISITEURS !
C'EST ÇA LEUR ROI ?
QUE PUIS-JE POUR VOUS, JOLIE DEMOISELLE ?
JE SUIS RAFAELO, ROI DES RÊVES DU ROYAUME DES CHATS !
RAFAELO MIDAS, ROI DES RÊVES DU ROYAUME DES CHATS.
LE PLUS GRAND ROYAUME ONIRIQUE DE LA DEUXIEME ZONE !
OH, SALUT JIMMY !
VOTRE MAJESTÉ !
JE COMPRENDS POURQUOI IL A DES GARDES DU CORPS...
IL PAIE PAS DE MINE !

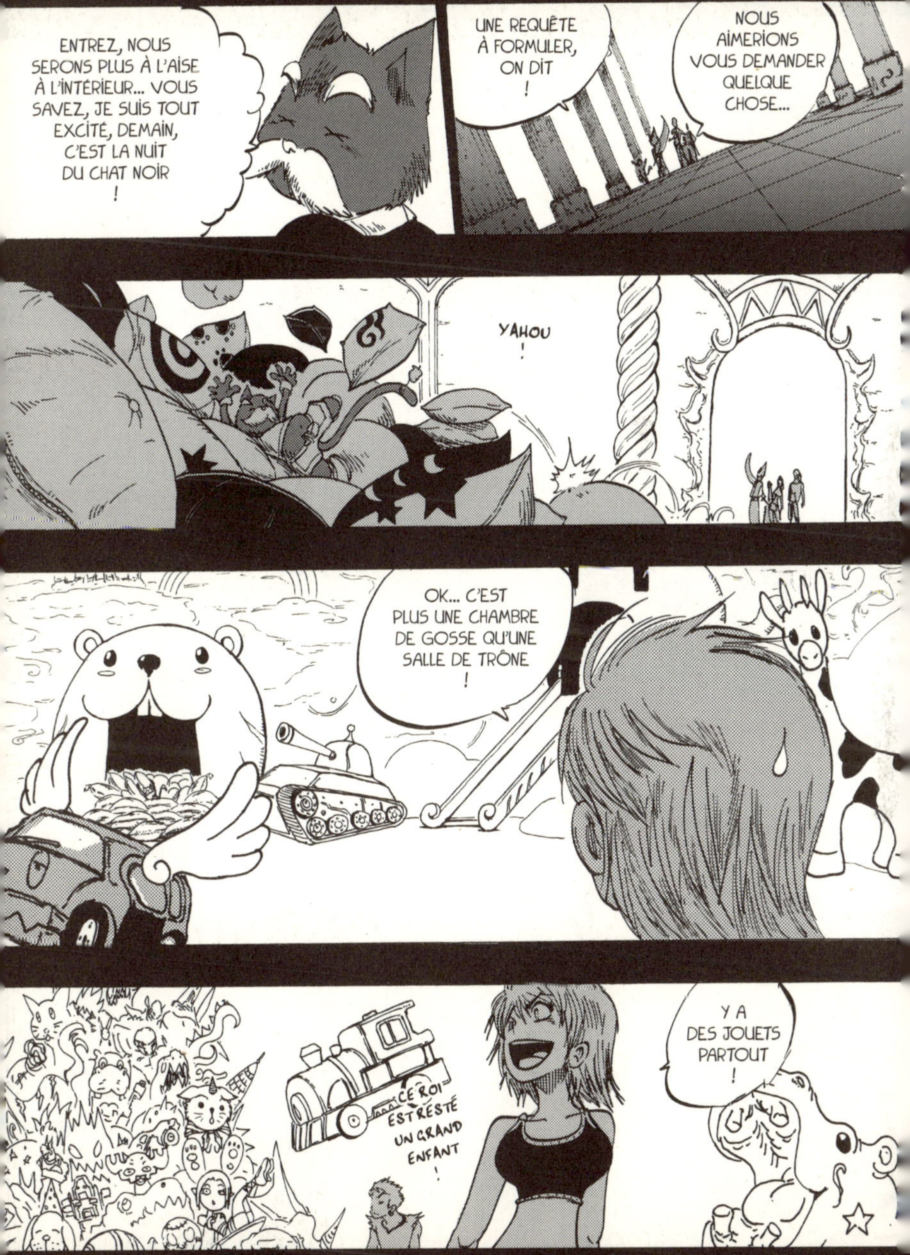
ENTREZ, NOUS SERONS PLUS À L'AISE À L'INTÉRIEUR... VOUS SAVEZ, JE SUIS TOUT EXCITÉ, DEMAIN, C'EST LA NUIT DU CHAT NOIR !
UNE REQUÊTE À FORMULER, ON DIT !
NOUS AIMERIONS VOUS DEMANDER QUELQUE CHOSE...
YAHOU !
OK... C'EST PLUS UNE CHAMBRE DE GOSSE QU'UNE SALLE DE TRÔNE !
Y A DES JOUETS PARTOUT !
CE ROI EST RESTÉ UN GRAND ENFANT !

ASSIEDS-TOI ! ON VA JOUER UN PEU !
EUH...
TON MAÎTRE EST UN BEL ENFOIRÉ, JIMMY !
IL SE PREND TROP AU SÉRIEUX, UN BEAU BÂTARD MOI J'DIS !
ÇA VA ?
...

CUISINE
PUTAIN !
OUAAAH !
POUR QUI TU TE PRENDS, LE BLEU !? LES CAROTTES DOIVENT ÊTRE DORÉES À L'EXTÉRIEUR !
VOTRE MÉTHODE EST DÉPASSÉE, VIEUX SCHNOCK !
NE ME PARLE PAS SUR CE TON, MORVEUX !
JE FAIS CE QUE JE VEUX !
ON EST OÙ LÀ ? C'EST QUOI CETTE CUISINE !?

C'EST THOMAS ET GASPARD ! C'EST TOUS LES JOURS COMME ÇA ! ILS PEUVENT JAMAIS SE METTRE D'ACCORD !
QU'EST-CE QUI FOOONT !?
FOUFOUNETTE !
FOUFOUNETTE...
VOUS NE CONNAISSEZ PAS UNE SERVANTE DU NOM DE FOUFOUNETTE ?!
ÇA VA DURER LONGTEMPS ?
QUI SAIT...
AVEC LA NUIT DU CHAT, C'EST ENCORE PLUS TENDU !
EUH...
MERDE, SABBA COMMENT ON FAIT !?
POUR LES SERVANTES IL FAUT DEMANDER À THOMAS, IL LES CONNAÎT TOUTES !
AAAAH !!

EUH...
HUM...
EXCUSEZ-MOI !
EST-CE QUE L'UN DE VOUS CONNAÎT UNE SERVANTE DU NOM DE FOUFOUNETTE ? OU AU MOINS L'ENDROIT OÙ SE TROUVENT LES SERVANTES !
CE PALAIS EST SUPER GRAND, ALORS...
!!
QU'EST-CE QUE DES ÉTRANGERS FONT DANS MA CUISINE !?
DÉGAGEZ ! ON A DU TRAVAIL, NOUS ICI !
ILS VONT NOUS TUER !!

C'EST TROP GRAND, ICI !
JE SENS QU'ON VA TROP GALÉRER POUR LA TROUVER...
HEP, FOUFOUNETTE !
HÉ ! MADEMOISELLE !
...
VENEZ NOUS VOIR !
KYIAAAH ! DES MONSTRES !!!
ATTENDEZ ! REVENEZ !
AVEC SABBA ON VA FAIRE FUIR TOUTES LES MEUFS !
ELLE A PEUR DE TERRENCE ET DE SA TÊTE DE FION !

ATTENDEZ !
NE PARTEZ PAS ! ON VEUT JUSTE DISCUTER !
AU SECOURS !
AH !
JE CROIS QUE ÇA PUE, VIOLENT, LÀ !
HUM... QUI LUI EXPLIQUE ?

POURQUOI TU LE LAISSES TE PARLER COMME ÇA ?!
QUEL ENFOIRÉ !
CA M'ÉNERVE ! MÊME SI JE FAIS PAS LE POIDS, J'AI TROP ENVIE DE LUI BOTTER LE CUL !
ET IL N'A PAS TORT !
C'EST MON MAÎTRE...
OUIIIII ! ENCORE, JOUE, JOUE !
EN ME RENIANT, SATURN M'IMPOSE UNE LEÇON...
JE LUI AI FAIT HONTE ! C'EST SA FAÇON DE ME MONTRER QUE J'AI ÉTÉ TROP SÛR DE MOI ! J'AI ÉTÉ LE PANTIN DE LORD MAGOSS !
J'AI ÉTÉ TROP SÛR DE MA FORCE... TOUT ÇA PARCE QUE PAR LE PASSÉ ON M'A QUALIFIÉ DE HÉROS PENDANT LA GRANDE GUERRE, VOILÀ 15 ANS ! ON NE PEUT PAS PROGRESSER SI L'ON CROIT ÊTRE LE MEILLEUR !

TU GAGNES, TU PROGRESSES ! TU PERDS, TU MANGES TES DENTS !
T'AS QU'À L'AFFRONTER, ON VERRA SI T'AS PROGRESSÉ !
PFFF ! C'EST DES CONNERIES ! Y A PAS À TROUVER D'EXCUSES, LE COMBAT C'EST SIMPLE !
LORS DE NOTRE RENCONTRE, TU AVAIS LE REGARD D'UN FUTUR GRAND GUERRIER...
HEIN ?
AH, SI SEULEMENT C'ÉTAIT SI SIMPLE... MAIS TU ES ENCORE JEUNE, TON DISCOURS ÉVOLUERA ! TU SAIS SAVANE, C'EST LA MÊME CHOSE POUR TOI...
D'AILLEURS JE N'AURAIS JAMAIS CRU TE RETROUVER ICI, DANS CE ROYAUME PAISIBLE, AU DÉBUT DE LA SECONDE ZONE !
MÊME SI TON IMPÉTUOSITÉ N'A PAS CHANGÉ, JE L'AVOUE... JE PENSAIS QUE TU SERAIS DEVENU PLUS PUISSANT !

DE QUOI ?
JE PENSAIS QUE TU AVANCERAIS PLUS VITE DANS LA QUÊTE DE PUISSANCE, C'EST TOUT... JE NE TE BLÂME PAS, TU AS CHOISI DE RESTER AUX CÔTÉS DE TERRENCE, ET C'EST BIEN GRÂCE À TOI SI VOTRE PETIT GROUPE A PROGRESSÉ...
MAIS IL EST CLAIR QUE TOUT SEUL, TU SERAIS À UN AUTRE NIVEAU... LE GUERRIER QUE J'AI AFFRONTÉ AU PAYS DES PUZZLES DEVRAIT ÊTRE LE LEADER DE LA LIGUE BABY AUJOURD'HUI...
TU COMPRENDS ? MON MAÎTRE ME REPROCHE LA MÊME CHOSE !

SAVANE... LA VOIE QUE TU AS CHOISIE EST MOINS ÉGOÏSTE... TON CŒUR A GRANDI !
JE CONVAINCRAI SATURN PAR DES ACTES !
HÉ, SAVANE, TU VEUX PAS ME REMPLACER J'EN AI MARRE DE JOU...
NON, TOI !
MON CUL, OUAIS !
MON CŒUR...
MAIS PUISQU'ON VOUS DIT QU'ON CHERCHE UNE SERVANTE !!!
SAVANE ? BEN, OÙ IL EST ?

MAIS C'EST POUR MON BRAS !
VOUS N'AVEZ PAS À VOUS BALADER SEULS DANS LE PALAIS !
OH, C'EST LE ROI !
AH, ÈVE !
JE SAIS PAS !
TU LES CONNAIS ?
ELLE EST GÉNIALE, CETTE PIÈCE !
ON A BIEN FAILLI MOURIR 1 000 FOIS, MAIS TOUJOURS PAS DE SERVANTE !
SALUT, MILAN !
ET VOUS ?
TU VEUX PRENDRE MA PLACE ? VAS-Y !
EH BEN ÇA VA, C'EST PAS TROP DUR !
C'EST BIZARRE, ÇA M'ÉTONNE PAS !
VOTRE MAJESTÉ !

OUI, TU VERRAS... MON PÈRE EST PAS MÉCHANT...
T'ES SÛR ?
AUCUNE IDÉE... IL A DISPARU.
OÙ EST SAVANE ?
BON, OK...
PAS ASSEZ PUISSANT...
ATTENDS, J'HAL-LUCINE !

DREAM
LE CERBÈRE, LE CHASSEUR DE VOYAGEURS : JE SUIS LA JUSTICE DE DREAMLAND
LYON MESSI INTERVIEW EXCLUSIVE DU PRODIGE DE LA NOUVELLE GÉNÉRATION DE VOYAGEUR
SÉLÉNÉ DIVA : JE SUIS AMOUREUSE POUR DE BON, CETTE FOIS
INCROYABLE !!! LORD CRAZY AURAIT TATOUÉ UN VOYAGEUR DE LA BABY LEAGUE !!

SONGE 66

LA REVANCHE DE FÉLIX

DANS LE PASSÉ, LES DEUX GARDES DU CORPS DU ROI,
ELVIS ET SATURN, ET LEURS DISCIPLES RESPECTIFS, MILAN ET JIMMY

C'EST LUI !
C'EST...
LE FAISEUR DE POISSONS !
LA VENGEANCE N'ATTEND PAS !
DÉSOLÉ, MAIS TU ME PRÉSENTERAS AU ROI UNE AUTRE FOIS !
LE GARS QUE TU VEUX TUER ?! QU'EST-CE QU'IL FAIT ICI ?
PEU IMPORTE... C'EST MA CHANCE CE SOIR !

OÙ IL VA ? IL SE BARRE DU ROYAUME ?!
PUTAIN, MAIS NON ! J'AI AFFRONTÉ DES GARS TROP PUISSANTS DEPUIS NOTRE RENCONTRE !
JE ME REPOSE SUR MES CAPACITÉS... C'EST ÇA QUE TU VEUX DIRE, JIMMY !?
C'EST POUR ÇA QUE JE L'AI SUIVI ! POUR PROGRESSER !
J'AI PERDU MA HARGNE !? LE PROF DE TERRENCE, GÉRIKO, ARKA ! C'EST PAS DES PETITES FRAPPES ! TERRENCE ME FREINE ?! LUI ? AVEC SA POISSE LÉGENDAIRE, ON SE RETROUVE TOUJOURS DANS DES SITUATIONS PAS POSSIBLES !

HIHI
!
QU'EST-CE QUE...
C'EST VRAIMENT MA NUIT, CE SOIR !
TOI ICI !
LUI...
DEPUIS QUE TU M'AS LAISSÉ POUR MORT AU PIC 3, JE N'AI EU DE CESSE DE TE CHERCHER ET DE PRÉPARER MON COMBAT CONTRE TOI, FISH MAKER !

HÉ HÉ ! TOUJOURS AUSSI GRANDE GUEULE !
TU TOMBES MAL, CHATON, CE SOIR...
DEUX COUPURES AU VISAGE EN UNE NUIT... ÇA COMMENCE À BIEN FAIRE !
PFFF ! JE CONNAIS TES TRUCS !
UNE INVOCATION ! TU ES SI...
QUE ?
SERRE

UNE FEINTE ?!
OÙ... OÙ EST-IL ?!
DERRIERE TOI !

TAIS-TOI ! ON ATTEND SON SIGNAL !
OUH LÀLÀ ! LE MAÎTRE SE FAIT DÉFONCER !
EN... ENFOIRÉ !
PUTAIN... CET ENCULÉ A PROGRESSÉ ! JE PENSAIS PAS À CE POINT ! ET IL N'A PAS ENCORE UTILISÉ D'INVOCATION...
TU ES DEVENU PLUS RÉSISTANT, À CE QUE JE VOIS... LA DERNIÈRE FOIS, J'ÉTAIS MOINS FORT, ET JE T'AVAIS DÉJÀ MIS K.-O.
C'EST LE SIGNAL, TU CROIS ?
GLUPS ! IL REGARDE PAR LÀ !
TANT PIS...

MAIN-TENANT !
IL ATTAQUE ENCORE DE FRONT ?!
TU VAS VOIR !
PUT...
MON... MON CORPS ! JE NE PEUX PLUS BOUGER !
IMMOBILIS !

JE VOULAIS T'AFFRONTER À LA RÉGULIÈRE, MAIS VU TA RAPIDITÉ, JE SAVAIS QUE JE N'AURAIS PAS LE DESSUS ! MAIS TOUS LES COUPS SONT PERMIS, PAS VRAI !?
ALORS, TU FAIS MOINS LE MALIN, HEIN !? ÇA FAIT DES MOIS QUE J'ÉLABORE UN PLAN POUR TE BATTRE !
ENFOIRÉ ! TOUJOURS CE PUTAIN DE REGARD ! TANT PIS POUR TOI S'IL FAUT TE TUER POUR QUE TU ARRÊTES DE ME PRENDRE DE HAUT !

ÇA... ÇA Y EST ?
JE T'AI EU !
ENFIN !
MERDE...
ENFIN...
ENFIN...

TOUS MES EFFORTS ONT PAYÉ !
TU SOUFFRES, HEIN, ENCULÉ !?
ENFIN, JE T'AI RENDU LA MONNAIE DE TA PIÈCE !
IL CONTRACTE... JE NE PEUX PLUS RETIRER MA MAIN !
QU...
JIMMY ! TERRENCE !
MON REGARD !
FERMEZ VOS GUEULES !!!

ET JE VAIS COMMENCER ...
POUR VOUS FAIRE FERMER VOS GUEULES À TOUS !
HÉ, QU'EST-CE QUE !
JE VAIS DEVENIR FORT... PLUS FORT !!
PAR TOI !!!
PUTAIN, COMMENT TU PEUX BOUGER !?
MAÎTRE, L'EMPRISE EST MAXIMALE !

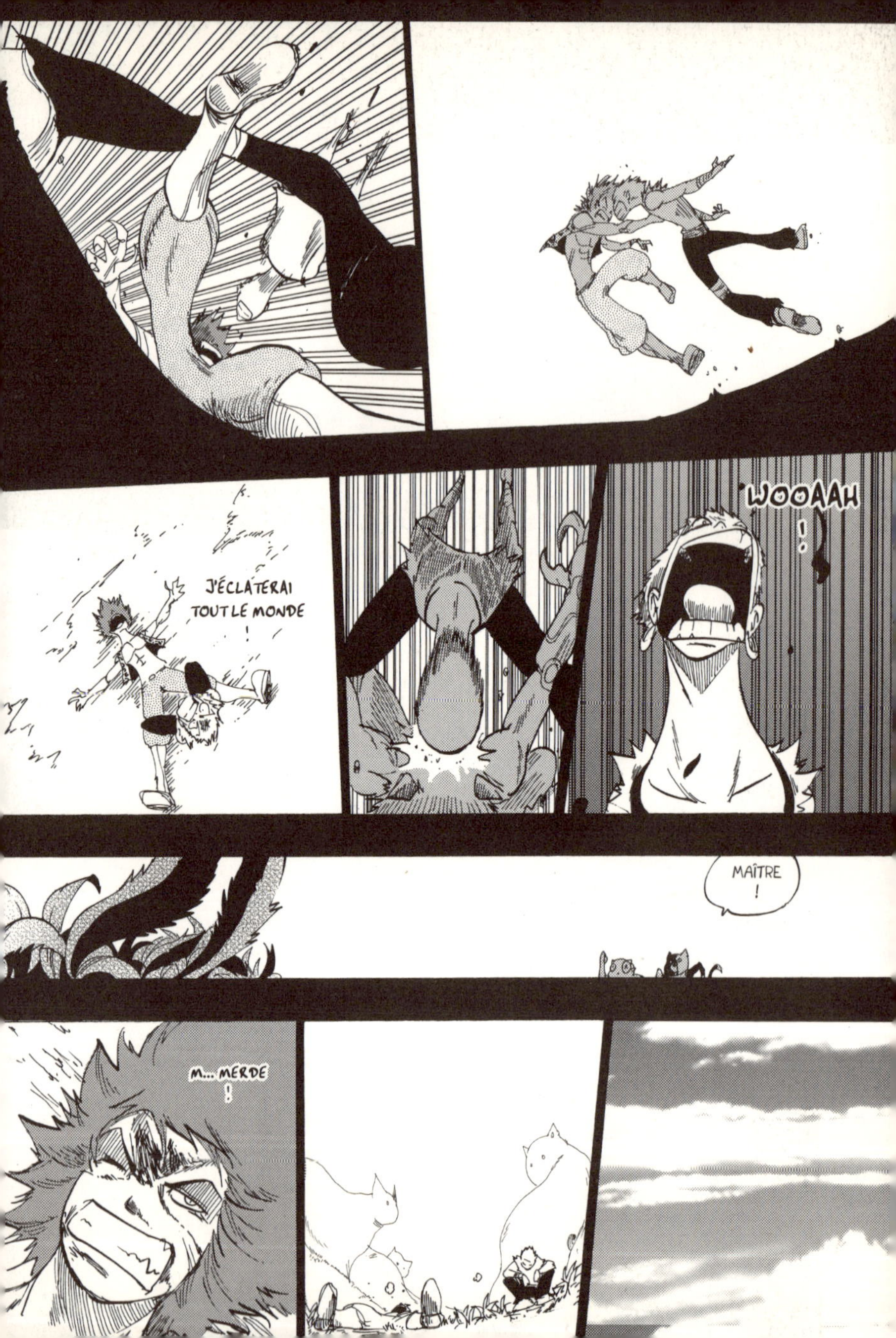
J'ÉCLATERAI TOUT LE MONDE !
WOOAAH !
MAÎTRE !
M... MERDE !

TOUJOURS CONSCIENT ?
Y A PAS À DIRE, TU ES VRAIMENT DEVENU CORIACE !
TU T'ES DUREMENT ENTRAÎNÉ POUR RÉDUIRE L'ÉCART ENTRE NOUS !
TU AS BEAUCOUP PROGRESSÉ, ET TU M'AS FAIT COMPRENDRE DES CHOSES !
FÉLIX, C'EST ÇA ? MERCI, ÇA A ÉTÉ UN CHOUETTE COMBAT !
EN CELA, CE COMBAT EST INJUSTE !
MAIS C'EST TOI QUI T'ES ENTRAÎNÉ POUR CE COMBAT... MOI, JE N'AI FAIT QU'ÉVOLUER...
PFFF ! ARRÊTE AVEC TA FAUSSE CONDESCENDANCE ! J'AI PERDU, C'EST TOUT ! JE SUIS VRAIMENT UNE MERDE !
JE NE SUIS PAS CONDESCENDANT... JE T'AI FAIT MANGER TES DENTS...

J'AI COMPRIS CE QUE VOULAIT DIRE JIMMY...
DORÉ-NAVANT, JE VAIS ME SURPASSER !
QU'EST-CE TU DIS ? J'PIGE QUE DALLE !
LORSQUE LE MOMENT SERA VENU, NOUS NOUS AFFRONTERONS DE NOUVEAU, À LA LOYALE...
AU PRIX DES MÊMES EFFORTS, FÉLIX !
OK... ET JE TE FERAI RAVALER TES DENTS, CE COUP-CI !
HÉÉ ! QUEL POSEUR ! TU M'ÉNERVES, C'EST DINGUE !
DÉSOLÉ... MAIS TU NE POURRAS PAS ME TOUCHER !
RENDEZ-VOUS AU NIVEAU SUPÉRIEUR DES VOYAGEURS !

NOUS VOILÀ ENFIN ARRIVÉS AU ROYAUME DES CHATS !!!
GOKU

SONGE 67

ATTILA

C'EST VRAI QUE POUR TROUVER L'ENTRÉE D'EDENIA, IL VOUS FAUT LA CLOCHE D'OR !
JE VOIS...
SIRE, VOTRE BRAGUETTE !

DE PLUS, JE SAIS QUE HORMIS LE CONTRÔLEUR DU FEU, VOUS ÊTES TOUS DES GENS BIEN !
SI MON FRÈRE T'A DONNÉ LE GOLDEN EYE, ÇA PROUVE QU'IL VOUS FAIT CONFIANCE !
QUEL CARACTÈRE !
HÉ HO ! PAS LA PEINE DE RÉFLÉCHIR ! C'EST NON !
JE DONNE LA CLOCHE, ET VOUS ME LAISSEZ LA FILLE !
FALLAIT S'Y ATTENDRE !
LE PROBLÈME, C'EST QUE CHEZ NOUS, ON N'A JAMAIS RIEN SANS RIEN...
HÉ ! POURQUOI MOI ?
TU PARLES D'UNE NUIT DE MERDE ! JOUER AVEC UN CHAT !
J'AI TOUJOURS PAS MON BRAS...
ON FAIT QUOI ? SAVANE EST PAS LÀ, ET ON VA PAS TARDER À SE RÉVEILLER...
...
SIRE... VOTRE DISCOURS POUR DEMAIN ...
OH, C'EST VRAI !

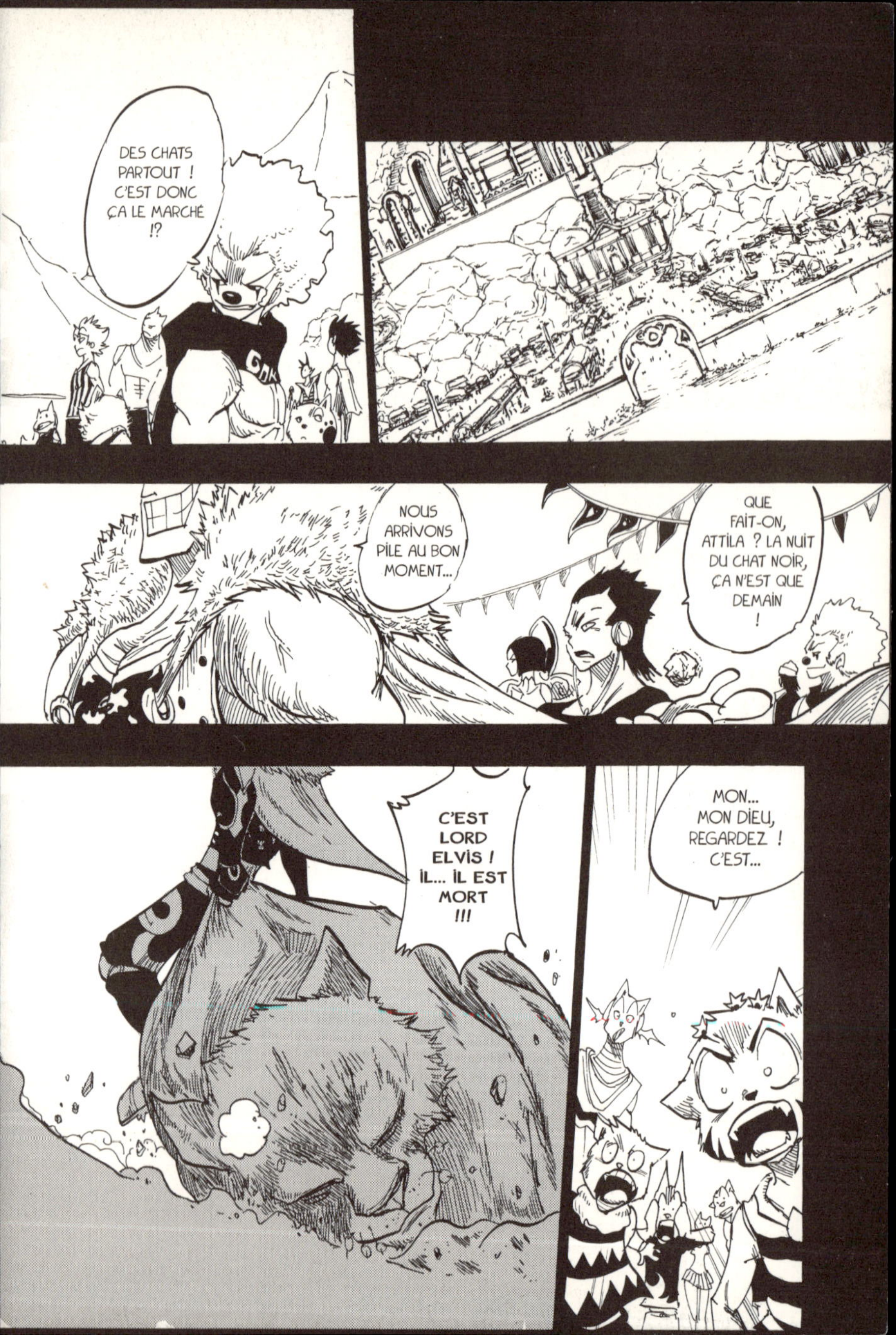
DES CHATS PARTOUT ! C'EST DONC ÇA LE MARCHÉ !?
NOUS ARRIVONS PILE AU BON MOMENT...
QUE FAIT-ON, ATTILA ? LA NUIT DU CHAT NOIR, ÇA N'EST QUE DEMAIN !
MON... MON DIEU, REGARDEZ ! C'EST...
C'EST LORD ELVIS ! IL... IL EST MORT !!!

HÉHÉ ! D'ABORD, POSER L'AMBIANCE...
C'EST TRÈS IMPORTANT UNE AMBIANCE DANS L'ÉLABORATION D'UNE ŒUVRE...
ON NE PEUT PAS IMPROVISER... DÉFINIR LE TON EST PRIMORDIAL...
ET LÀ, L'AMBIANCE...
CE SERA...

LA PANIQUE !
JOLI LANCER, CHEF !
IL... IL A LANCÉ LE CORPS GIGANTESQUE DE... LORD ELVIS !!

NOUS ALLONS RESTER ICI ET ATTENDRE TRANQUILLEMENT DEMAIN !
LA PANIQUE INSTALLÉE, NOUS TRANSCENDERONS L'ŒUVRE LORSQUE TOUS SERONT CAPTIVÉS !

DEMAIN, AURA LIEU LA POÉSIE DES CENDRES !
LA NUIT DU CHAT NOIR SERA MIENNE !
ATTILA, SEIGNEUR DES CENDRES, CONTRÔLEUR N° 1 DU ROYAUME DU FEU, N° 2 DE LA LEAGUE S.
FANBOY, N° 166 DE LA LEAGUE M.
ROMUALD, N° 8 DE LA LEAGUE M.
MINA VIOLETTA, N° 800 DE LA LEAGUE M.
DJAY KILLA, N° 16 DE LA LEAGUE M.
ET... J'AI UN MAUVAIS PRESSENTIMENT !
ON N'A TOUJOURS PAS TROUVÉ QUOI ÉCHANGER CONTRE LA CLOCHE D'OR !
OH, TERRENCE, TU NOUS ÉCOUTES !?
TER-RENCE !

ELVIS !!
!!
!!!
EL-ELVIS !

C'EST UNE ATTAQUE PAR LES AIRS !
C'EST QUOI CE DÉLIRE !?
LE ROYAUME EST ATTAQUÉ !
FAIS ATTENTION !
MILAN, RESTE AUPRÈS DU ROI !
JE VAIS VOIR CE QUI SE PASSE !
QUELQU'UN L'AURAIT LANCÉ ?
IL N'Y A PERSONNE ! AUCUN ENNEMI DANS LES AIRS !
NE DIS PAS N'IMPORTE QUOI !
COMMENT A-T-IL PU ATTERRIR ICI ALORS ?
JE SAIS... C'EST UN ADVERSAIRE D'UN NIVEAU ÉLEVÉ !
S'IL A BATTU ELVIS !

ÎL EST ENCORE VÎVANT !!!
A... ATT...
SABBA, TU LE CONNAÎS ?
MON DIEU !
MON DIEU !
MON DIEU !
MON DIEU !
VÎTE, ALLEZ CHERCHER UN CHATMAN !
REGARDEZ, ÎL Y A UN TRUC ÎNSCRÎT !
ET ON TOUCHE PAS AUX POTES DE FUMETTE !
OUÎ ! C'EST UN POTE DE FUMETTE !

C'EST BRÛLÉ !
ATTILA, SEIGNEUR DES CENDRES, VOUS INVITE DEMAIN SOIR À L'INAUGURATION D'UN SPECTACLE UNIQUE.

LE SEIGNEUR DES CENDRES... C'EST UN SEI-GNEUR CAU-CHEMAR ?!
ELVIS ÉTAIT SUR SES TRACES... IL A BRÛLÉ BEAUCOUP DE ROYAUMES À PROXIMITÉ DU NÔTRE...
IL NE VOULAIT PAS VOUS INQUIÉTER...
IL NE M'AVAIT RIEN DIT !
ATTILA... MERDE !
MILAN ?
NON... C'EST UN VOYAGEUR...
LE CONTRÔLEUR N°1 DU ROYAUME DU FEU !!

UN TYPE COMME ÇA EST ICI !?
PUNAISE !
ON DIT QUE C'EST LE PLUS PUISSANT DES VOYAGEURS DE DREAMLAND... TOUS POUVOIRS CONFONDUS...
LES GARS, ON SE CASSE ! Y A PAS SAVANE EN PLUS, ON REVIENDRA APRÈS LA NUIT DU CHAT !
NON, ÈVE ! CETTE FOIS, ON NE FUIRA PAS ! DEMAIN SOIR, ON REVIENT ET ON AIDE LE ROI !
CHUIS OK ! ELVIS EST UN POTE, JE LUI DOIS BIEN ÇA !
MAIS...
DREAMLAND 7 - FIN (À SUIVRE)

DREAMLAND, vol. 7
par Reno Lemaire

Lettrage : Raphaëlle Marx

ISBN : 978-2-8116-0135-5
Dépôt légal : juin 2009
Achevé d'imprimer en Italie
par L.E.G.O. S.p.A. Lavis TN en juin 2015

PAPIER À BASE DE
FIBRES CERTIFIÉES

Pika Édition s'engage pour l'environnement en
réduisant l'empreinte carbone de ses livres.
Rendez-vous sur www.pika-durable.fr

PiKa
EDITION
www.pika.fr

FAN ART DREAMLAND

Fans de *Dreamland*, vous êtes déjà nombreux à avoir envoyé vos dessins à Reno. Nous vous en remercions et nous sommes heureux de vous annoncer le lancement prochain du fan-art *Dreamland*.

Pour être les premiers à tout savoir sur ce concours, comment y participer, en tant que dessinateur ou en simple spectateur, un seul réflexe : www.pika.fr

AMYNE (69)

ERWAN (38)

THIBAULT (69)

LODJI (BELGIQUE)

ALEXANDRE (10)

CLÉMENT (83)

GUILLAUME (92)

CHAID (33)

TCHIKUN (17)

LOUIS JACOB (75)

MATHIEU (85)

LERMITE (07)

MAXENCE (26)

JOHN (93)

JO (77)

JEAN FIDÈLE (09)

OLIVIER (69)

GOMUGOMU (95)

FLORIAN (60)

FLORENCE (94)

GERARD (64)

DREAMZOZO (94)

CHRISTOPHE (BELGIQUE)

GAETAN (64)

CYRIAQUE (61)

NAN, NAN, NAN, C'EST PAS
ICI QUE ÇA COMMENCE !
DEMI-TOUR, LES BLEUS !